髑髏銭（どくろせん）

上巻

角田喜久雄

目次

髑髏銭（上）

黒猫

はっと息をのんで、お小夜は目を上げた。

なにか、そこを影のように、掠めて過ぎた気配のあるのを感じたからであった。

だが、戸外は染み入るように、音もなく降る雨である。

幾日も幾日も、降るかと思えば止み、止んだかと思えばまた降る長雨のうっとうしい薄暗さの中に、草や梢の緑はようやくその濃さを加えて、なにかしら甘酸っぱい、花の香りのようなものが家の中にまで漂っていた。

しんと、風のそよぎさえない静けさ。

(気のせいかしら?)

銀色に煙る雨へまぶしそうに細めた目を、膝の縫物の上へ戻して、軽く吐息をつく。

(お父さまがお亡くなりになってから、もう二カ月も経ってしまった……わたしも、ほんとうに気が弱くなって……）

　さすがはお武家のお娘御、と他人からいわれる程気丈に生きてはきたお小夜であったが、こうしたものさみしさの中にひとりいると、しみじみ取り残された孤独さを思わずにはいられない。父の生存中は、貧しくとも、こうした賃仕事にまで何かと張りのあったものを、ただひとりになってしまうと――

　お小夜は、気をとり直したように、またせっせと針の手を動かし始めた。

　窓外の緑が映って、透き通るように白い肌の色である。ほんのりと紅のさしたほおのあたりへ、濡れたように黒い髪の毛が二筋三筋乱れかかって、まつげの濃い澄んだ目、血を含んだようにあかいくちびるの可憐さ、見つめていると、思わずぞっと身震いしそうな美しさである。

　象牙のようになめらかなうなじ、すらりと伸びきった手足、肩から胸へかけての豊かな丸味にも、におうばかりのういういしさが満ちあふれて、としはやっと十八か、九であろう。

　お小夜は仕事に没頭するかと見えたのに、またびくっとまぶたをふるわせて、手をとめた。

（なんだろう？　たしかに……）

なにか、動いているのだ。

その気配のするほうを、息をひそめて、じっと追う。

とたん、

（あっ！　猫！）

と、あやうく叫びがくちびるをついて出ようとした。

一隅の、暗い壁のすみに、まっくろな猫がなにかをねらってでもいるように、らんらんと目を光らせてうずくまっているのだ。

お小夜の視線をにらみかえすようにしながら、その動物はじりじりと動き出す。野獣のもつ精悍さを満身にみなぎらせて明らかに敵意を示しながら、今にも飛びかかりそうな態勢で、そろそろと横へ壁を伝っていく。

この近所で見たこともない猫だ。

（どこから来たのだろう？）

猫は歩きながら肩を怒らせてからだをたてた。そのまま、そろりと二歩。音もなく壁ぎわをはなれたと見ると、次の瞬間、その姿は鳥影のようにさっとお小夜の眼前をかすめて、窓から銀色の雨の中へ消え去ってしまった。

あっと声をあげるまもない速さである。

ひかれたように腰をうかしたお小夜は、しかし、窓ぎわへ走り寄ろうとした足をとめて、そのままじっと立っていた。

目がまじまじと勝手元の小暗い陰を凝視しているのだ。

「だれ？」

さすが、侍の娘らしい、りんとした詰問の声である。いつのまにはいってきたものか、そこには見慣れぬ男のうしろ姿が、向こうむきにかがみこんでじっとしていた。

「どなたです？　そこにいるのは？」

お小夜は鋭く叫んで、そのほうへつかつかと歩みよっていった。男はじっとかがみこんだまま動こうともしない。手おけへかぶりつくようにして、水を飲んでいるのだ。

「あなたは？」

お小夜は重ねて詰問する。

ゴクゴクとのどの鳴るたびに、肩をせわしげに息をつく、ひどく濡れはてたからだだ。長いこと、雨の中を歩いてきたのであろう。見ると、その素足から衣類のすそへかけて一面のはねである。

町人には違いないが、遊び人かただの若い衆か、お小夜には判断もつきかねるなりだ。

よほどかわいていたのだろう。まだのどを鳴らして飲んでいる。

やがて、男は手おけを投げ出すように置いて、やっと顔を上げた。

「すんません。お騒がせ申して……」

そう言いながらも息をはずませて、目はきょときょとと背後の雨のかなたをすかして見ている。

「悪いやろうに追われましてね。すんません。ちょっと、かくまっておくんなさいまし」

片手でお小夜のほうへ拝むようにする。片ほおに古い刀傷のあとのある、暗い人相の男なのだ。

「あなたは?」

とさえぎろうとするお小夜へ、

「これだ、頼んます」

と、しきりに手を合わせて見せながら、返事も待たずに、あわただしく座敷へ上がってきた。

一足ごとに、衣類からしたたる水が足を伝って畳をぬらす。その足跡へなじるように目をやったお小夜が、しずくといっしょにさっと畳へにじんだ色の赤さへ、

「あれ！　血が……」

さすがに女性である。眉をよせて、

「おけがを？」

「いいや。たいしたことはねえのです。ちょっとばかり、すりむいたんで……」

すそをまくってみると、ひざの辺が柘榴のようにえみ割れて、あふれ出る血がすねを真紅にそめつくしている。

「手当をなさいませ。ほうっておいてはいけませぬ」

お小夜はそういって、武家のたしなみとしてふだんから用意してあったさらしや、傷薬をとり出してきた。

「すんません。すんません」

男はひょこひょこと頭を下げながら、さらしを裂いて傷口を縛りはじめた。

「すんません。助かります」

そう言いながら、男の目はしげしげと部屋の様子を見回した。そして、ちらりとお小夜の顔を盗み見ながら、

「おひとり、なんですか、娘さん？」

お小夜はその顔をきっと見かえしたきり、黙っていた。

男はすぐずるそうな笑顔になって、

「いや、あっしは決してご心配になるような怪しいもんじゃあござんせん。堅気の職人でして名は米五郎（よねごろう）と申します。その……悪いやろうに心にもねえけんかをうられましてね……」

べらべらとしゃべりかけたのが、ふと、なにを耳にしたのか急に息をひそめたと思うと、

「あっ！」

と、突然うめくように低く叫んだ。

「あ、ありゃあ？」

どこからか、陰気な猫の鳴き声が聞こえてくる。

どこから聞こえてくるのだろう。窓の外か、屋根の上か？　陰気な、聞く人の心をまっくろに塗りつぶしてしまうような鳴き声だ。

お小夜はなぜかしきりとさっきの黒猫の姿を連想していた。たしかに、聞き慣れたこのへんの猫の声とは違っている。

（だが、どうしてこんなにあの猫のことが気にかかるのだろう？）

その声は、しかしそれっきり絶えてしまって、窓の外はただ音もなく降りしきる煙のような微雨の広がりである。

米五郎と名のる男は、そばだてた耳の奥からその鳴き声が消え去ってしまうと、はじめて呪縛（じゅばく）から解かれたようにほっと息をついた。

「おりいってお頼みがあるんだが……」

「女ひとりの住まいです。ほんとうは、すぐにも出ていっていただきたく思っているのです」

「そりゃあわかっている。出てもいきましょう。だが、娘さん。こりゃあ、ほんとうにおりいってのおねげえなんです」

男の声は急に哀願の調子を帯びて熱心になってきた。むしろ、おどおどとあたりへ気を配りながら、

「おねげえだ。ぜひ、助けると思って聞いてやっておくんなさい。いや、決してむずかしい仕事じゃあねえ。ただ使いを頼まれてもらいてえのです。届け物を……それも、ちけえのだ。ここからは三町とはありますめえ、馬道(うまみち)の与兵衛店(よへえだな)と聞いたら、あるいはご存じじゃねえかと思うが、そこの和吉って男のとこを尋ねて、しかと手渡してもらやあ上々なんでさ。頼まれておくんなさい。お礼もじゅうぶんしようし、恩にもきる。あっしゃあなにしろ、悪いやろうにつけられているんで、もう少しここへ置かしてもらわねえと……ねえ、娘さん。このとおりだ」

手を合わせてまで、大の男から頼まれてみると、まだ世間なれぬお小夜にとっては、しいてそれを断ることばも見つからないのだ。

「ただ、お使いだけでよろしいのでございますね?」

と、つい言ってしまう。

「そ、そうです。ひと言の口上もいりゃあしねえのです。ただ届けてもらやあいいんで

す」

「その、お届け物というのは?」

「すんません。すんません。じゃあ、行ってくださるんですね」

男はその時までうしろへかくすように持っていたふろしき包みを前へ押しやりながら、

「この包みたった一つでさあ」

男の姿と同じに雨にずぶ濡れたみすぼらしい包みなのである。それへ手をかけた瞬間、

(もし、これが不正な品でもあったらどうしよう?)

ふと、そんな危惧（きぐ）に似た気持ちが胸もとをかすめたが、男の哀願を目にすると、お小夜の娘らしい優しさは、もうなにも言いえずに立ち上がっていた。

「じゃあ、おねげえします。だいじな品だから、じきじきにお渡しくださいましよ。あなたの帰りなさるまで、あっしゃあここで待っていることにしよう」

お小夜はなぜともなく家の中をひとわたり見回した。そして、仏壇の父の位牌（いはい）へ手を

合わせて、勝手口から庭へ出ていった。

見も知らぬ人に留守を預けて、その人の使いに立たねばならぬはめに陥ったお小夜

――思えばそれがお小夜の波乱をきわめた運命の第一歩だったのである。

時に元禄五年。長いつゆがまだあけやらず続いていた。

銭鬼灯(ぜにほおずき)

灰色の空から絹糸のような雨が小やみもなく降り注いでいる。庭の水たまりには、忍冬(すいかずら)の花びらが一面に散り敷いて、雨も空気もむせかえるようなそのにおいだった。

お小夜は狭い庭を横切って裏へ出た。

傾いたじゃのめ傘の陰に、お小夜の皮膚はこころもちあおさをまして、目もさめるような美しさである。

「娘さん」

耳のすぐそばで呼ばれて、お小夜はびっくりしたように足をとめた。

傘を回すと、いつの間に現れたのか、鋭い男の目がまっこうからちかちかとお小夜を凝視しているのだ。

「わたくしになんぞご用でございますか?」

「うむ。ちょっと、訊きてえことがあって……」

見れば見るほど、ひやりとするような、鋭い目つきだ。

「おまえさん、今この家から出てきなすったろう」

「さようでございます。ここから出てまいりましたが……」

「あっしゃあ……」

と言いかけて、ふところから銀みがきの十手の先をちょっとのぞかせながら、

「御用の者だが……」

「…………」

お小夜は無言でうなずいた。その男が、河内屋庄助という、このかいわいでは名のとおった御用聞であることは、お小夜も知っていたのである。

「聞くがね。今しがたこのへんへ……さようさ、年のころは四十くらい、ほおに刀傷のあとのある……そんな男が来たはずなんだが、見かけなかったかね？」

「さあ……」

と言いよどんで、お小夜は胸の中であおざめた。

（やっぱり、あの人は御用聞に追われるような悪者だったのだ）

だが、お小夜はとっさに、自分自身でも驚くくらい冷然と、

「さあ、存じませぬ」

ときっぱり言いきってしまっていた。

「知らぬ?」

庄助は眉をよせて空を仰いでいたが、突然、きらりと目を向けなおして、

「ほんとうか?」

「はい……」

「おかしいな。たしかにこのへんへ逃げこんだ形跡があるのだが……」

「そう申されれば……なにやら、走っていく人の足音らしいものを聞いたようにも……」

皆まで言わせず、庄助ははげしく首を振ってさえぎった。

「見たら、すぐ知らせてほしい。それだけだ……」

そう言いながら、お小夜の手にある包みへじろじろと視線を注いでいる。

(もし、これを見られたら……)

そして、中からのっぴきならぬものでも出てきたらどうしよう。

はっとして心臓の凍りつく思いであったが、庄助はそのままお小夜のそばをはなれて、すたすたと歩み去っていく。背筋を流れおちる冷や汗の気味悪さを意識しながら、虎口(ここう)をのがれたここちでお小夜は足早に歩きだした。

だが、去ると見えた庄助が、傘のままそこのかきねにもたれて、じっとこちらを見送っていたことを、お小夜ははたして、気づいていたであろうか。

(うそをついてしまった!)

お小夜は、取りかえしのつかぬことをしでかしてしまったように、息をはずませながら、追いかけられるような気持ちで歩いていた。

(もし、あの人の隠れていることが見つかったりしたら、どうしたらいいのだろう?)

あんなに、うそを強く言いきってしまった自分の気持ちが、まるで信じられないように思えてきて、

(いっそ、ここから引き返して、みんな打ち明けて話してしまおうかしら……)

しかし、あの庄助の鋭い視線と、米五郎の哀願する目の色とを思いくらべては、お小夜はしらずしらず足を早めて、まるで運命の糸にでもあやつられているかのように、いつの間にか、馬道の与兵衛店まできてしまっていた。

尋ねてみると、和吉の住まいはその路地の、むね割長屋のいちばん奥にあたっていた。

「ごめんくださいまし」

門口へ立って、そっと声をかける。ただただ、一刻も早く、用を済ませてしまいたい気持ちであった。

「もし、ごめんくださいまし、和吉殿のお住まいはこちらでございますか?」

返事がないのである。

(お留守なのかしら?)

当惑したように眉をひそめているお小夜のそばを、ておけをさげたひとりの老爺が通りかかった。行き過ぎようとしたのを立ちどまって、

「おまえさん。和吉さんをお訪ねかね?」

「はい。さようでございます。お留守なんでございましょうか?」

「そうですよ。あいにくと、先刻出かけてしまいなすってね。そうそう、ことづけがありましたっけ……だれか訪ねてきたら、蒼雲寺裏の梅鉢長屋まで来てくれって……」

「蒼雲寺と申しますと?」

「門跡様の近所できけば、だれでも知っています。すぐわかりまさ」

老爺に礼をのべて、お小夜はしかたなしに歩きだした。片手の包みが、ひとしお重さを加えたようにさえ思えてくる。

どこまで行っても雨の街だ。

風が屋根を吹き渡ると、雨は霧のようにけむって横に流れる。鈍く光る灰色の空の下に、お小夜のくちびるばかりがさえて新鮮な果実のようにあかい。

雨にさみしい浅草観世音の境内を抜けて、本願寺近くまできたお小夜は、当惑したように足をとめた。

蒼雲寺の位置を尋ねようにも、あたりには尋ねる店も、往来の人影さえもないのである。

お小夜はおぼろげな記憶をたよりにして、本願寺の土塀沿いに回っていった。

(あの人は、まだ家の中にかくれているだろうか?)

あのあお白い骨ばったほおへ鋭く残っている刀傷を思いうかべると、お小夜は急にせき立てられるような気持ちになって、しらずしらず足をいそがせはじめた。

塀に沿ってかどを曲ろうとする。とたん、

「あ！」

と、思わず声をあげて立ちどまった。

出会いがしらに、あやうくからだだけはよけたが、じゃのめの骨が相手の傘へぶすりと音をたてて突きささってしまったのだ。

「ごめんあそばしませ。失礼いたしました」

と、あわてて腰をかがめるお小夜へ、

「いや、みどもこそ……」

見おろすように、若い侍の顔が笑っている。

「ごめんくださりませ。思わぬそそうをいたしまして……」

「いやいや。そそうはお互いのことです」

若い侍は、雨傘の破れめへ視線をやりながら、明るく笑った。お小夜は申しわけなさそうに、

「まあ、たいへん、お破き申してしまいました」

「それよりも、あなたのすそへ、どろをはねかえしてしまって……や！　だいぶよごしましたな」

そう言われて、おのれの足もとへ目を落としたお小夜は、幾重にもつぎのあたった足袋のみじめさに、思わずぽっと顔をあからめた。これまで、清潔でありさえすれば、少しも意に介しなかった足袋の見すぼらしさなどが、きょうにかぎって、なぜこうも気になるのであろう。

耳のあたりがほんのりあからむと、うつむいたえりもとはかえって白々と可憐に見えるのだ。

若侍は青年らしい内気さで、しかしなにか心ひかれる様子で、そのえりもとへそっと視線を注いでいる。

髪にもなりにも貧しさがしみついたような浪人姿だ、ほっそりと見えて、その実、隆々と肩の張った若々しさ。

切れ長な澄んだ目だ。きっと結んだ意志の強そうなくちびる。浅黒いほおの色にも、なにやらなりとは似つかぬ気品の高さが漂っている。だがその顔がひとたび笑うと――片ほおにえくぼのあとらしい影さえ浮かんで、人なつこい明るさが、相手の心をとらえてしまう。

年は二十五か、六であろう。

お小夜は自分に注がれている相手の視線を感じると、あやしくはずんでくる息を押しかくすように、あわてて、

「つい、急いで居りまして……」

と、意味もなく同じようなことを繰りかえした。

若侍は、微笑しながら、いたわるようにうなずいて見せる。お小夜はその顔をまぶしそうにふり仰いで、

「あのう……」

ういういしく小首をかしげながら言いかけて、相手の微笑に誘われたように、お小夜はついほほえんでしまう。

「突然、つかぬことをお尋ね申すようでござりまするが……このあたりに、蒼雲寺と申すお寺が……」

「蒼雲寺をお捜しなのか？」

「はい。蒼雲寺裏の梅鉢長屋、と申すところへ参る用事がございまして……」

「梅鉢長屋とやらは存ぜぬが、蒼雲寺なら……」

と、お小夜のほうへ身をよせて、

「あの、土塀のかどを曲がって左へ参ると、まもなく蒼雲寺の門前へ出ます」

傘を傾けて並んで立つと、お小夜のほおは若侍のたくましい肩のあたりにあった。

「ありがとうございました。おかげさまで……」

「いや……」

丁寧に腰をかがめたお小夜へ、若侍は無骨にこっくりと頭を下げたが、ふと、

「重そうなお荷物でござるの？」

と、お小夜のかかえているふろしき包みへ目を投げた。

お小夜はそのひと言に、はっとわれにかえったように、

「おそうやら、なにやら……失礼申し上げました。では……」

と、にわかに心せくさまに歩きはじめた。その背へ、突然、

「あ！」

若侍の驚きの声である。

若侍の驚きの声に、お小夜の足は思わずくぎづけになってしまった。ふりむくと、

「おお、猫か……」

若侍はひとりごとのように言って、苦笑しながら、

「しかし、あまり突然だったので……あなたの頭のへん、そこの築地(ついじ)の上を、まるで黒いつむじのように走って、一瞬のうちに消えてしまったので、何物かとびっくりしたのだが……」

「え？　猫が？」

「それこそ、まっくろな猫でした。走りざま、光る目でこちらをぎろりとにらみさえしなかったら、猫とは気がつかなかったでござろう」

お小夜は息をとめて、若侍の顔をじっと見つめた。

（また黒猫が……）

なにか知らん、ふと、行く手に不吉なことが待ちかまえているような、無気味な予感に襲われる。

おそるおそる目をあげたが、しかし、築地の屋根も土塀のすそもただ一面の銀色の雨で、もう、あたりにそれらしい動物の影さえ残ってはいなかった。

「お娘御……」

硬直したように立っているお小夜の横顔へ、若侍は気づかわしげに声をかけた。

「お怪我(けが)をなさったのではござらぬか？」

「は？」

と、お小夜はけげんそうに、おのれのからだを見まわして、

「いえ、別に……」

「さようか……それならばよろしいが、その包みの……それが、血潮のあとのように見えたので……」

「えっ？」

お小夜は、思わず声をあげながら、手の包みへ目を配った。なるほど、雨ににじんだ血潮のひまつである。今まで、どうして気づかずにいたのだろう。米五郎とかいうあの男のひざの傷口から飛んだ血には違いあるまいが……。

若侍のさぐるような視線を感じると、お小夜はおのれの引きうけた仕事が、にわかに恐ろしいものに思われてきた。しらずしらず包みを押し隠すように持ちかえて、

「失礼いたしまする」

と、まるでその視線からのがれるように、小走りに歩きだす。いまさらのように、とんだことを引きうけてしまった軽々しさが後悔されるのだ。

しかし、その暗い気持ちのすぐあとから、

（でも、このご用を、引きうけてあげたからこそ、あの、おかたさまに……）

お目にかかれたのだ……そう思っただけで、楽しいような、あじけないような、異様なときめきに胸がいっぱいに震えてくるお小夜であった。

若侍はお小夜を見送りながら、しばらく立ったままでいた。

（どこかで見かけたことのあるお娘御のように思われるが……）

そのうしろ姿が土塀のかどを曲がって消えると、若侍はまた、傘の破れめを見上げるようにして、ちょっと、楽しそうに微笑してから、歩きだそうとした。

と、その高下駄へ、カチンと音がして触れたものがある。ぬかるみから拾いあげて、懐紙で丁寧にぬぐって見ると、みごとな平打ちの銀かんざし——

若侍の澄んだひとみに、雨滴が真珠のたまのように光って、震えていたお小夜の前髪が、くっきりとにおうように浮かんでくる。

ちょっと思案してから、かんざしをふところへしまうと、お小夜の消え去った方角へ、ゆっくりときびすを回した。

蒼雲寺裏の墓地つづき。

老樹が暗くおおいかぶさり、雑草がたけ長くはえ茂った中に、傾きかかったひとむねの、長屋が建っている。

すぐ裏手に、あおい古池が鈍く光っていて、降る雨も、このあたりではことに寂しげだ。

「梅鉢長屋は、今はあき屋になっていますよ」

いましがたそう聞いてきたばかりのお小夜ではあったが、その荒れ方のひどさには思わず目をみはらずにはいられない。

屋根は落ち、壁はくずれ、柱は傾いたまま、立ちぐされて幾年にもなるのであろう。

(訪ねる和吉という人は、こんな家へいったいなにしに来たのだろう?)

お小夜は眉をよせながら、長屋の壁に沿ってそろりと回っていった。

三軒続きの長屋で、もとより人の住んでいる気配とてもない。

お小夜は、雨に濡れたくさむらを踏んで、裏手のほうへ回っていったが、その時、なにを見たのか、ふっと足をとめて、目を据えた。

一軒の雨戸が、半分ほど開いたままになっているのだ。そのうえ、戸のそばには、たたんだじゃのめ傘が立てかけてある……

お小夜は、一刻も早く責任をはたしてしまいたい焦慮にかられて、その戸口までつかつかと歩み寄っていった。

しんと、深い海の底に沈んだような静けさである。

「ごめんくださいまし」

すきまだらけな天井や壁の破れめから鈍い光線がもれ入って、中は陰気な薄暗さだ。

「ごめんくださいまし。和吉さん……」

ささやくほどに言ったつもりの声が、家じゅういっぱいに反響して、お小夜の胸をひやりとさせる。

しかし、カタリとも答えないのだ。

(いないのかしら？　それにしては、傘が……)

そのうえ、上がりがまちに近い土間には、新しい高下駄が一足ぬぎすてたようにころがっているのだ。

お小夜は意を決したように、傘をすぼめてそっと中へからだをすべりこませた。

心にしみ入るような、わびしい静けさである。

じめじめとしけた空気がうっとうしいかびのにおいを含んで重くよどんでいる。

ぬぎすててある高下駄は、まだびっしょりと濡れていて、ぬいでからまだそれほど時間のたっていないことを示している。

薄暗さに慣れてきたお小夜の目が、がらんとした家の中をしげしげと見回す。

(傘と下駄の主は、いったいどこへ行ったのだろう?)

お小夜は、はっと息をのんで、かすかにからだを震わせた。

見たのだ――その立てかけてある破れふすまのかげから、にゅっと突き出ているものを……

ひかれたように、思わず二、三歩そのほうへ歩みよったお小夜は、ふすまのかげを一瞥すると、同時にはじかれたようにうしろへそって、かたわらの柱へあやうく身をささえた。

柱へつかまった指先が、その腕が、その肩が、大きくおののいている。

ふすまの陰に――ひとりの男が、すさまじい形相で虚空をつかんだまま、あおむけざまにころがっていたのだ。

一瞬、全身をおののかせた恐怖から、お小夜は侍の娘らしく、すぐ冷静にたちもどった。

柱を離れて、その男の姿をじっとのぞきこむ。

見れば見るほど、すさまじい形相だ。

断末魔の苦痛を訴えるように虚空をつかんだ片手のそばには、その男のものらしい匕首がころがっていて、はだけた衣類の陰からのぞいている胸もとのいれずみの色が、その男の死にざまを、いっそう無気味なものにしている。

なりのつくりも、一見遊び人らしい。だが、さらにお小夜を畏怖させたのは、その男の二つの目であった。

一瞥して、かっと天空をにらんで見開いていると思った。それが、次の瞬間、えぐり抜かれたまっくろな、うつろの穴のように見えたのである。しかも、二度見直したとき、それは、男の目ではなくして目をおおった二枚の銅銭と化していた。

銭！

死がいの目にのせられた二枚の銭！

（なんという無気味ないたずらなのであろう！）

さすが、気丈に見えたお小夜も、眉をよせて顔をそむけた。

（きっと、このかたが和吉さんとやらなのだ……）

お小夜の直感がそうつぶやく。手のふろしき包みへ目を移して、ほとほと当惑したように、からだをおこした。

（どうしよう？）

包みをここへ置いて、黙って去ってしまえば、それまでのことである。だが……

思案にうつむいていたお小夜のまぶたが、その時、ぴりっと動いた。針のように鋭くとがっている神経が、なにか動くもののある気配を、ふっと感じたのだ。

耳を澄ます。

しんと、凍りついてしまったような静かさである。

額にじっとりと冷や汗がうかんでくる。

もう一刻もじっとしてはいられないような胸苦しさをおぼえてきて、お小夜はやにわにつかつかと歩きだした。

だが、三歩と行かずして、

「ああっ！」

思わず鋭い叫び声をあげて、飛びすさった。

戸口をいっぱいにふさいで、黒い人影がもうろうと立ちはだかっているのだ。

お小夜の指先は反射的に帯ぎわの懐剣のつかへ触れた。

その人影は、声も音もなく、じっと立ったままでいる。まるで、生きているとは思えぬほどの静かさで……

やがて、その影は、動くともなく、そろりとからだの位置をかえた。光線のかげんで、その全身がくっきりと浮き上がる。

枯れ木のようにやせて、背の高い男だ。黒い衣類の着流しに、黒いつか糸、黒つば、黒ざやの刀を落としざしにして、ふところ手の肩を病的にいからせ、片手には弓の折れらしいものをつえについている。そのうえ、何よりも異様なのは、その顔を包んでいる覆面であった。遠目に、鬼灯（ほおずき）のようなあかさに見えたそれは、よく見れば銭形の朱肉で一面に押し散らした布ぎれなのである。顔全体を押しつつんで、ただわずかにおおい残したすきまから、その糸よりも細くつり上がった左目が、表情もなく無気味にこちらを凝視している。

「銭鬼灯！」

うめくようなかすかな声が、お小夜のくちびるをついて出た。

目も鼻もなく顔をおおった朱色の覆面から、だれいうとなく銭鬼灯とあだなされた怪物——

江戸の闇から闇へ、陰から陰へ、幻のように出没しては、血に飢えた悪鬼のように人命を奪っていくとうわさされている男。しかも、なにゆえ、いかなる目的で、そう暴虐を働くのか、だれも知ってはいないのだ。ただ、その恐ろしい殺戮のうわさだけは、お小夜もしばしば耳にしてはいるのだが……

今、その男が、戸口をふさいでいっぱいに立ちはだかっているのだ。お小夜は少しあおざめて、しかし気丈に、懐剣のつかへ手をかけたまま、その男の姿へ凝視を送っている。

男はまだ、じっとしていた。まるで立ち枯れた巨木のように……

それが、やがて、ふっと、

「銭鬼灯だと?」

ひとりごとのような、あるいはみずからをあざけるような、低い陰々たるしわがれ声である。

「銭鬼灯だと? おい……」

男は、つえにしていた弓の折れで、土間の上をそっと探ってから、音もなくそろりと一歩ふみだした。

「女だな?」

首をのばして、お小夜の方を探るように見つめる。目が悪いらしい。

「おい……」

つえで足もとを許りながら、また、そっと一足近よってくる。お小夜は全身を硬直させて、押されるようにうしろへすさっていった。

「見たか? 見たろう……」

つぶやくように低いのだが、なんという陰気なしわがれ声であろう。お小夜は押されて、土間の片端まで来てきてしまった。

「見たろう、和吉を?」

男はそう言いながら、のろのろとあげたつえの先端を、まっ正面からお小夜の胸もとへぴたりとさしつけた。

「だれだ? なんの用があって、ここへ来た?」

「わたくし……」

言いかけて、お小夜はふっと口をつぐんでしまう。

息詰まるような沈黙である。

男は大きく肩をゆすった。

「なにか、持ってきたな？　そうだろう？」

その、糸のように細くつり上がった隻眼が、お小夜のふろしき包みへまじまじと注がれている。

「おい、そうだろう和吉へ届け物を……」

お小夜はかすかに震えながら、強情に黙っていた。

男の目は、まだ包みへくぎづけになっている。

「それを、そこへ置け。置いたら、出ていくのだ」

しかし、お小夜は立ったままでいる。

男もじっとしていた。

重苦しいほどかびくさい、しけた空気である。

屋根をかすめて、小鳥の羽ばたきの音が過ぎて行った。

また、しんとなる。

まだ二人はにらみ合ったままだ。

と、突然、ほんとうに突然、あたりを押しつつんでいた暗い空気ががっとゆれた。

黒い男の影が、大羽根を広げた怪鳥のように宙へおどったと思うと、薄暗がりの床へあお白くのけぞったお小夜の小手から、抜き放たれた懐剣がむなしく飛んで床へおちた。

すさまじい激しさでゆれ動いた空気が、数秒にして、またふっと静まってしまう。

ひとかたまりにもつれ合った人影が、柱へのしかかるような姿勢でじっとしていた。

「ううう……」

お小夜ののどが苦しそうに鳴っている。男の片腕が、そののど首へからみついているらしい。男のあかい覆面の陰から、お小夜のくもんにあおざめた横顔がすけて見えた。

「包みを、離せ！」

男の息は、お小夜の耳たぶにふれそうな近くにあった。

片腕をお小夜の首に巻き、つえを持ったままの片手がお小夜のきき腕を抱えこんでいる。

「ううう……」

お小夜は、からだをそらせて、もがこうとした。

すそが割れて、いたずらになまめかしく下着が乱れかかるばかり……肩のあたりまで露出した象牙のようにつややかな片腕が、全身の苦痛を訴えるように震えている。しかもその手は、包みをしっかと握ったまま離そうとはしないのだ。

男の糸のように細い片目は、じっとその包みをにらみ、それから、その露出した腕へ、のけぞっているのどへ、腰へ、はだけたすそへと、ゆっくり移っていく。そして、可憐に必死のもがきをつづけているはぎの白さへ、ふっと吐息のようなものを洩(も)らしたと思うと、

「離せというに……」

いらいらした口調だ。急に、その腕にぐっと力がはいる。脂っけのないかさかさした、筋ばった男の腕である。

お小夜の胸がはげしく波打った。

（ああ……）

たちまち、深淵(しんえん)へひきこまれてでもいくように、その意識が薄れていく。

だが、その瞬間、お小夜ははげしく土間の上に投げ出されて、ころげながら、無意識にはね起きていた。立ち上がってまっ先に、はっきりその目に認めたものは、おのれを

間にはさんで左右に仁王立ちになっているふたりの人影であった。

長身を少しねこ背にかがんで、片手につえをつきながら、暗いすみへもうろうと立っているのは銭鬼灯だが、もうひとり入り口をふさいで立ちはだかっている人影は——

「あ！」

思わずお小夜の口をついて出た叫び声には、意外さと、うれしさと、驚きと、さまざまの感情がこもっていた。

その男は、先刻本願寺の塀外で出会った美貌（びぼう）の若侍だったのである。

若侍は、叫び声を聞くと、そのほうへちらりと微笑らしいものを含んだ一瞥をなげて、それから、手にしていた傘を静かにそばへたてかけて、ゆっくりと一、二歩内へ足をすすめた。

銭鬼灯は、その表情のない無気味な細い目を、お小夜と若侍のほうへかわるがわる向けかえながら、つえにもたれたまま片手をふところに、じっと立っている。

若侍も立ちどまった。

間隔にして一間あまり。

二人とも、無言だ。にらみあったまま、息をひそめて身動きさえもしない。

雨が強さを増したのであろう。サササ……と屋根を渡っていくかすかな風の音がする。

ガッ！

突然、空気のつんざける音がした。

瞬間、若侍の姿がのめるように前へ沈む。

薄暗がりをさいて流星のように光ったなにかが、目にもとまらぬ速さで消えたと思うと、次の瞬間、もう、若侍も銭鬼灯も、先刻と全く同じ位置に同じ姿勢で立っていた。

ただ、若侍のひとみには、今銭鬼灯の手から飛来して、また一瞬にして消え去った怪しい武器の正体をいぶかる警戒の色が濃くうかんでいるだけだ。

銭鬼灯の影が、つまさきで足場を探りながら、そろりと右へ動く。若侍の姿も、それにつれて静かに動いた。

また、じりっとなる。やがて、

「くそッ！」

銭鬼灯の口を、舌打ちの声がついて出たと思うと、その影が右へ大きく傾いた。

同時に、そのそでのかげから、先刻と同じ光りものが、電光にも似てさっと宙へとぶ。

間髪を入れず地にひそんだ若侍の姿が、ふたたびはね上がると見るや、下からすくい上げるように抜き打ちをかけた白刃の先端に、ジーン……と金属の震動する鋭い音が起こって、はがねの焼けるにおいが、お小夜の身の近くまで飛び散ってきた。

二つの影が、部屋じゅういっぱいを黒く散って、飛びちがう。

と思った瞬間、もう、その影は左右へ分かれ気合いもなしにじっと突っ立った。

銭鬼灯は首をかしげて、相手の気息を耳に聞こうとしている。その驚くべき俊敏な行動は、不自由な目にたよるよりも、むしろ、聴覚の鋭さにたよって動いているかのようである。

いつの間にか、その右手には鎌とも見える怪しげな武器が鋭い光を放ち、その一端からたれさがった長い細作りの鎖の中ほどを、左手がむぞうさに握っていた。

(おお、鎖鎌！)

若侍の顔には、明らかに珍しいものを見た驚きの色が浮かんできた。

先刻、まっこうを襲って流星のように飛来したのは、その鎖の一端に取りつけられた分銅であったのだろう。

（元亀天正の昔、行われたと話に聞いた奇矯な武器が、この太平の世にまで続いて残っていたのであろうか……）

若侍は、一刀流の正統と見える平正眼の構えのかげから、相手の異様な武器と構えとに、注意深い凝視を送っていた。

「若僧。少しは、やるな……」

あかい覆面のかげから、突然しわがれ声が陰気に洩れてくる。

「なぜ、じゃまをしやがる？」

「じゃま？」

若侍の片ほおに、冷笑のようなものがかすかに動いた。

「人殺しのじゃまをして、なぜ、悪い？」

こうした切迫した空気の中にあって、その若さに似げない不敵な沈着さである。

「なにッ！」

明らかに、ぐっときたらしい。右手に振り上げている鎌の刃が、ぎらぎら光った。

「おい、若僧。ぬかしたな？」

「よせ！　子どもだましのおどし文句……銭鬼灯、というのだな？　聞いている、うわさは……しばいがかった赤ずきんなどで、きざなまねはやめにせい！」

「若僧。ぬかしたな。うむ、ぬかしたな。その文句を覚えておけよ。ほぞをかむときがきっと来るんだ。おれの仕返しは、ちっとばかり執念深くってすごみがあると、世間さまでおうわさだぞ。おれは斬る。信念をもって斬る。触れるやつは残らず断じて斬るんだ。少しの腕を鼻にかけるな。おい鼻にかけるなよ……」

銭鬼灯は、片すみの壁へはりつくようにして身をすくめて立っているお小夜のほうへ、探るような細い目をじろりと投げた。

「そこの女は、いったい、てめえの情婦か、それとも女房か？」

若侍は、相手の鎖を伝って怪しく動きだした指先へ注視を送ったまま、むっとしたように黙っていた。

「若僧。その女をおれにくれろ。いいや、返事はなくとも、たってもらうぞ」

覆面のかげに、声のない嘲笑が、なぞのように浮かんで消えていく。

そのまま、三人とも、口をつぐんでひっそりとしてしまう。殺気を含んだ、ひやりとするような空気が、あたりに満ちていた。

しばらく、そこへ膠着してしまったように見えていた銭鬼灯の影が、やがてつまさき探りに、じりじり前へせせり出てきた。鎖を握った左手が、少しずつ動きだしたと思うと、それにつれて鎖の分銅が無気味なきしりの音をたてて揺れだす。

若侍は、長剣を正眼にかまえたまま、水のような冷ややかさを持して、相手の動きへ寸歩も譲らぬ精悍さで立っていた。銭鬼灯の足さばきが、やにわに早くなる。若侍の肩と剣端とが、かすかに上下する。

すわ！

はりつめた殺気の一角がくずれるよと見た瞬間、不思議なことに、銭鬼灯のからだは、かえって二、三歩あとへ飛びさがっていた。

声こそ立てぬが、ぎょっとしたさまで、天井の一隅をふり仰ぐ。どこか、そのへんの近くで、猫が鳴いているのだ。不思議に、人の気をめいらすような、陰々たる声である。

銭鬼灯は、驚きの色を隠しもせず、その鳴き声へ魂を吸われたかたちで、じっと耳を澄ませていた。

とだえると思うと、またすぐ鳴きだす。

どこか、家の外の近くであろう。

銭鬼灯は、もはや眼前に白刃をかまえて立っている男の存在など忘れはててしまったかのように、その鳴き声の動いていくほうへ、じりじり……とからだをめぐらした。

白刃に背をむきだして、耳を傾けたままの姿だ。しかも、そのままの姿勢で、大胆不敵にも、そろそろと手にした武器をしまいはじめる。

鎌の刃をさやの中へたたみこんで腰へさすと、そのままわきざしとしか見えない。ただ、一端から鎖がついているのだが、それをたばねると、左のたもとの中へ納めてしまった。

ふり向いても見ないのだ。のそっと、落ちていたつえを拾い上げると、遠のいていく猫の鳴き声を追うように、うつむきながらつまずきそうなかたちで歩きだす。

若侍は、白刃をひいて、相手の異様な態度の変じように、興ありげな視線をそそいでいる。

猫の声が、ふっととだえる。

銭鬼灯は足早に戸口をくぐろうとして、立ちどまると、無言のままふたりのほうをじろっと見返った。

若侍は長剣をさやへおさめてから、ゆっくりとその戸口まで歩みよった。

おずおずと、その背後へ近づいたお小夜が、

「あの……」

若侍は、親しげな微笑を見せてふり向いた。

「雨も小降りになったし、……ご安心なさい。静かな雨だ。もう、どこにもやつの姿は見えません」

それにしても、あれほど切迫した殺気のただなかから、たちまちきばをおさめて消え去ってしまった銭鬼灯の行動は、何という奇怪な、大胆な、そして気まぐれなものであったろう。

お小夜には、まだそのへんの暗がりから、あの無気味な赤ずきんがおどり出てきそう

な気がしてならないのだった。

「ほんとうに……ほんとうに、おかげさまで……」

「お怪我はありませぬか？」

「はい……しあわせと……」

「それはよかった。みども、踏んごんだときには、おそかったか……と、実はぎょっとしたのです」

「ふがいないみじめな姿をお見せ申しました」

「いや、ああした場合にあってさえ、ひと言の悲鳴さえあげぬ……さすが、たしなみあるおかたと、感じ入ってでござった」

「………」

お小夜は返事もなく、赤くなる。

（なんという、思いやりのあることをおっしゃるおかたさまであろう……）

「おものごしやら、おことばつきやら、失礼ながら、武家の御息女であられましょう？」

「は……恥ずかしながら、おめがねどおり……父は前田家の浪士にて竜田川九右衛門と申しました。わたくしはその娘、名は小夜と申しまする。お見知りおきくださりませ」

「お小夜殿か……いいお名だの。申しおくれたが、みども、ご覧のとおりの貧乏浪士。姓は神奈、名は三四郎……」

（神奈様……三四郎様……まあ、お優しそうなお名であること……）

お小夜は口の中で幾度となく繰りかえして呼んでみる。

「すると、お父上と、おふたりでお暮らしなされるか？」

「は……いえ。不幸なことに……父はさきごろ他界いたしまして、わたくしは、この世にただひとり身寄りのないひとりぼっちになってしまいました」

相手の親しさに甘えて、つい、こんなことまで打ち明けて話してしまうのだ。

「それは、おきのどくな！　しかし、よく似たご境遇でいられるの。みどもも、この世に親兄弟ひとりとてない、孤独の身でござるよ」

「まあ！」

お小夜は誘われたように顔を上げたが、あまりに真正面から自分を見つめている相手の目に触れて、またあわててうつむいてしまうのだった。

胸の動悸がやたらに早くなる。

その顔をのぞきこむようにして、

「どうにもふにおちぬのだが、どうして、こんなあき家へ立ち入られたのか？」

「わたくしも、このような恐ろしい目に遭おうなどとは、つゆ思わなかったのでございます」

お小夜は、降ってわいたさきほどからの思いがけぬできごとを、かいつまんで話して聞かせるのだった。

三四郎は腕組みのまま、足もとの和吉の死がいをじっと見おろしている。

はだけた胸もとから露出しているいれずみの色のすごさよりも、土け色の顔にえぐりとられたうつろな穴と見える両眼の――二枚の銭から漂ってくるせんりつ的な無気味さに、三四郎の注意はひかれているらしい。

「銭だ……」

ひとりごとのようにつぶやきながら、三四郎が腰をかがめると、死がいの顔の周りから、ブーン！　と青蠅(あおばえ)の群れが舞い上がる。

どろのように重くよどんでいた死臭が、むっとするほど鼻をつく。三四郎は、その死がいのために、

（南無阿弥陀仏……）

と、胸の中で念じながら、手をのばして両眼をおおった銭を取り上げた。二枚とも、普通の寛永通宝と同じ形、同じ大きさの銅銭である。

ただ、その表面に粒々と浮き上がって読めるものは――

[illegible][illegible]鬼急急如律令

絵とも文字とも判読のつかぬものだ。

裏をかえすと、小さく、

慶安二己　丑　左

と読める。

普通の通用銭でないことだけはわかる。ただ、なんのために鋳造せられ、また、いかなる意味をもって死がいの両眼にのせられているのか。

三四郎は、しばらく、その銭に見入っていたが、突然立ち上がりながら、背後に寄り添うように立っていたお小夜へ言った。

「とにかく、ここを出ましょう。人目について、つまらぬ疑いを受けるのも本意ない」

いつの間にか、雨はやんだかと思われるほど、小降りになっていた。三四郎は傘をひ

ろげながら、

「いい記念になりました」

と、例の破れめへ視線をやって微笑する。お小夜も同じところへ目をやりながら、思わず赤くなって、

(ほんとうに……)

と、胸の中で同意した。

「いや、傘の穴で思いだした。忘れていたが、これは、あなたのものでござろうの?」

ふところから、懐紙に包んだ銀かんざしを取り出してお小夜に見せる。

「まあ! これがどうしてお手に?」

「不思議なご縁と申さねばなるまい。あの本願寺のかどで、お別れ申すとき、あなたの髪からこれが落ちた。よけいなお世話か、とも存じたが、妙に……むしが知らすとでも申そうか、あなたのお手へじきじきお届け申してさしあげたい気持ちになって……梅鉢長屋と聞いたこの家までやってきたのでござる。すると……あのありさまでござった。このかんざしが落ちなかったといたさば……」

「ほんとうに、どうなったことでございましょう。まあ、わたくし……」

命を救ってくれたことよりも、拾ったかんざしをわざわざここまで届けにきてくれたその人の好意が、しみじみとうれしいのだ。

「ありがたさに、お礼のことばもございませぬ」

「いやいや……いまさら、お礼などと……」

三四郎は傘を傾けて、お小夜の顔を見た。

「さて、その包みをどうなされるかな？」

「和吉さんとやらが亡くなられてしまっては、お届け申すあてがございませぬ。家へもどって、あのかたへ訳を話して、お返し申そうと存じます」

「さようだな。そんな異様な包み、いっときも早く手放してしまわれるにこしたことはない。米五郎……とやら、そんな怪しい男とつきあって、つまらぬ疑いをうけるのもばかげた話だ。お気をつけなされよ」

「はい。わたくしも、しみじみそれを感じたところでございます」

そもそも、一面識もない、しかも怪しむべきあんな男から頼まれた包みを、いくら一度引きうけた仕事だとはいえ、どうしてこうまで必死に守り通す気持ちになったのか。

河内屋庄助に、生まれてはじめてのうそをついてしまったり、銭鬼灯に死をもって抵抗したり……、しかも、その包みはまだこの手に残っている。自分ですら自分のふるまいを解しかねるお小夜であった。

「お住まいへもどられるなら、送ってしんぜようか？　なにやら、心がかりな気もいたすで……」

と、三四郎は、まっすぐに前方の雨の空を見つめながらそう言った。

「それとも……かえって、ご迷惑、かな？」

「いえ！　迷惑などと……」

お小夜はあわただしく、

「……ただ、このうえ、お世話にあずかりましては、もったいなくて……」

心では、

（このままお別れしてしまうなんて、そんなあっけない寂しいことがどうしてできましょう！）

そう思っているお小夜なのだ。

三四郎はうなずいて歩きだす。

「お住まいは駒形（こまがた）でござったな？」

お小夜はいそいそと、そのあとについて歩きだしたが、人通りのあるあたりまでくると、しらずしらず三四郎のそばから、からだをはなしていた。

美しい娘と連れだって歩くことが、こういうことにうぶな青年を気恥ずかしくしているのであろう。三四郎も正面を向いたきり、お小夜のほうを見向きもしない。

心が近いだけに、かえって、道の両側をはなればなれになって歩くふたりであった。

まもなく、お小夜の住まいの見える近くまでくる。

「あのう……」

お小夜は、先刻からしきりに考えていた文句を、いっしょうけんめいに三四郎の肩へささやいた。

「ちょっとお上がりあそばして、お茶など、あがっていただけましょうか?」

「さあ……」

三四郎は、若い女ひとりの住まいへ、単身上がりこんでよいものだろうかどうか、それを思案しているのである。

「あのう……ほんとうに、ちょっとでもおよろしいのでござります。そうしていただきませぬと……なにやら、わたくしの気がすみませず……」

お小夜はけんめいなのだ。

「しかし……」

「神奈様。お願いでござります。ほんとうに、ちょっと……」

哀願するお小夜の目は、かわいそうに、今にも露を含みそうだ。

「では、ほんのちょっと、ご造作にあずかりましょうか……」

そう言いかけた三四郎が、突然棒立ちになってお小夜をさえぎった。

「あれは？」

三四郎は塀のかげへ身を隠すようにして、路地の突きあたりを指さした。

腰の低いいけがき越しに、お小夜の住まいの裏手が少しばかり、雨にけむって見えている。三四郎の指はその一隅をさしているのだ。

お小夜は三四郎の肩のかげから、その方角をけげんな面持ちでのぞいていたが、突然、ぎくりとしたようにまぶたをふるわせた。声こそたてなかったが、その驚きの息づかいは、そばの三四郎にもはっきり感じられたほどであった。

「あのいけがきの陰に雨やみする様子でひそんでいる男は、どうやら、おかっぴきとか御用聞とか、下司(げす)役人(やくにん)の風体と受けとれるが？」

「神奈様！　あ、あれが、河内屋庄助と申す、このへんでの御用聞なのでございます！」

お小夜は息を殺して肩をふるわせた。

三四郎は眉をしかめて、その方を見直す。

「庄助は……このわたくしを待ち伏せているのでございましょうか？」

「さあ……しかし……」

三四郎は疑わしげに小首を傾げて、

「うかつには近寄れませぬぞ、あの様子では、確かにだれかを待ち伏せているらしい。では、こういたそう。あなたはここにかくれて、待っていてください。みども、様子を見てまいろう……」

言いすてて、三四郎は、早くも歩きだしていた。

三四郎がなにげない様子で近寄っていくと、いけがきの陰に、さも雨宿りする様子でかがみこんでいた庄助は、じろっと一瞥を投げたきり、そしらぬ顔つきで腰から莨入れを抜き取った。もはや、網をはっていることは明らかである。

向こうへ姿を消した三四郎は、やがて遠回りして、お小夜の背後へもどってきた。

「さあ、参ろう！」

低い声で、鋭くせきたてるように、

「いかん！　ひとりではない。あの家を三、四人も取り巻いていますぞ。米五郎とやらいう男は、逃げ去ってしまったらしい。待ち伏せているのは、お小夜殿、あなたなのだ！」

三四郎は、お小夜の手をとらんばかりにして、反対の方角へ走りだした。

「河内屋さんの前へ名のって出て、すっかり打ち明けてお話し申したら、わかっていただけはいたしますまいか？」

「なにを申される！　あなたは一度あの男をだましていなさる。あの男は、米五郎を逃がしてしまったのだ。あなたの潔白を信じる前に、おそらくあなたの息が絶えるほど、激しい呵責（かしゃく）を加えることでござろう。それはむだなことだ！」

「ほんとうに、どうしたらよろしいのでございましょう？　わたくし……」

そう言ったお小夜の声は、思いあまったようにかすかに震えていた。孤独の小娘が、今は帰るべき家をすら失ってしまったのだ。三四郎は立ちどまってふり向いた。

「失礼だが、お小夜殿。とにかくちょっと、みどもの宅へお立ち寄りくださらぬか？」

浅草向柳原の一隅に、もと養信寺という寺があったのを、取り払ってそのあとが養信寺店という町つづきになっている。寺を取り払ってまもなくのことで、そこらには卒塔婆の破片が落ちているし、掘れば石碑や人骨のかけらくらい出てこようというありさまなので、せっかくの貸家もなかなか住み手がつかないのだ。

三四郎の住まいはその中にあった。

家は小さいが、一軒建てだし、狭いながら庭もついている。

「ご覧のとおり、狭くてきたない家でござるが……」

三四郎は土間へ傘を投げ出すように置いて上がって行った。

「さあ、御遠慮なく」

「ほんとうに、申しわけございませぬ」

お小夜は心から申しわけなく思っているのだ。

今は行きどころとてなくなってしまったお小夜には、三四郎のことばに甘えて、ついてくるよりほかなかったのである。

「さあさあ、ご遠慮なく手足を伸ばされよ。といっても、どうもすわるところもないようだな。少々ちらかっている……」

それは少々どころのちらかりようではないのだった。

三畳に六畳、それに勝手のついたこの家の中は、ほとんど書籍でうずもれていて……三畳の間をうずめつくしたその書籍の山は、さらにあふれて六畳の間の大半を占領している。

ただわずかに、よろいびつをおさめた床の間らしいへんに、少々のあき地が見いだされるばかりだ。

そのあき地へ、三四郎は破れ座ぶとんを押しやって、

「さあ。ここへおすわりなさい。困るな。そう遠慮なさっては……なにしろ、……男世帯で……さて、茶道具はどこへいったやら」

しきりに、書籍の山の中を捜し回っているのである。

なんとかして、沈んだお小夜をもてなし、いたわろうとするその人の心づかいがあわに感じられて、お小夜は今にも涙があふれそうになる。

「住みごこちのよさそうなお住まいでございますこと……」

ほんとうに、お小夜はそう感じたのだ。

「気に入られたのなら、何とかお身のふり方のきまるまで、ここにおられたら、いかがであろう？」

三四郎は、茶道具を掘り出すことは断念して、お小夜の前へ書籍をかき分けるようにしてすわりこんだ。

「ただ、みどもとして……男のひとり住まいへお若い女性を、……と実は案じるだけだが、あなたさえ、お気にかけられぬなら……」

「いえ。わたくしこそ、大切なあなたさまの御身近く、わたくしのような者が……と、あまりにあつかましいような……」

「ははは……いや、ふたりともその気でおれば、まちがいはござるまい」

三四郎の笑い声は、底の底まで影のない明るさだった。お小夜は、ふと、そのひざの上を見やって、ためらいながら、

「あの……ほんとうに困ってしまいます。これを、どうしたらよろしいでございましょうか？」

三四郎も、それへ目をやって、よわったように眉をよせた。

あの、執念深くつきまとうふろしき包みなのだ。

「とにかく、一度あけてみたらいかがです？」

全く、突然、お小夜の手へ渡って、執念深くつきまとったあげく、お小夜を窮地へおとし入れてしまったふろしき包みなのである。

いまさらのようにそれを凝視して、お小夜は、胸の底からこみ上げてくる無気味さを感ぜずにはいられなかった。

（なにがはいっているのかしら？）

お小夜はためらいながら、その結び目に手をかける。といてみると、中身はさらに油紙で幾重にも包んであった。

「小判でも出ますかな」

三四郎も興ありげに、お小夜の手もとをのぞきこんでいた。お小夜の指先の動きがしだいに速くなっていく。最後の油紙をはぐ……

だしぬけに、

「あれ……」

お小夜は、その包みをひざから払い落とすようにして、からだをそらせた。

「ね、猫でございます！　神奈様……」

猫なのだ。まっくろな猫の死がいなのだ、その油紙の中に包まれていたものは……まっくろい……ほんとうにつまさきから尾の先まで、漆で塗ったようにまっくろな猫なのである。

ぐったり横になっているその首の周囲には、三味線（しゃみせん）の太糸が三巻きほど肉にくい入るばかり堅くまきついていて、その透きとおるような金色の目は、畜生ながら、さも無念そうにきっと虚空をにらんで見開いていた。

「ほう！　猫の死がいとは……」

よほど意外であったのだろう。鼻をつくはげしい死臭に眉をよせながら、三四郎も思わず目を見はった。

米五郎という男が、おかっぴきに追われながら、あれほど必死に持ち回っていたもの。そして、怪人銭鬼灯が、和吉のところへそれが届けられることを予期して待ち伏せていたもの——その正体が、

（猫の死がいであろうとは！）

「どう、いたしましょう？」

お小夜のほおは心なしか、少しあおざめていた。

まぶたが驚愕(きょうがく)におののいている。

これは、まさに降ってわいた災厄だった。

つりを楽しめば閉門になる。

雀(すずめ)を殺しても遠島だ。

生類憐愍(しょうるいれんびん)の御布令(おふれ)という、奇怪な法が施行せられたのは、ちょうど五年前の貞享(じょうきょう)四年からのことである。狂的に信心深い当将軍綱吉が、護持院の妖僧隆光(ようそうりゅうこう)の説をいれてその法令をしいてからは、ことに将軍のいぬ年であるところから、犬族のうけている保護というものは、ほとんど狂気に近いものであった。

のら犬だとて、打ったりたたいたりすれば重罪である。道でほえつかれた犬を足げにしてもとがめをうけるし、まして殺しでもすれば、死罪は当然ということになっている。迷い犬を門外にたたき出したかどで、切腹を仰せつかった旗本もあるし、自分の飼い犬をお犬様と呼ばずに呼びすてにしたばかりに、追放になった人もある。もちろん、その法令は犬ばかりでなしに、人間を除いたあらゆる動物に適用されるのだ。

これは猫だが——しかし、無残にくびり殺してあるのだ。

（もし、役人の目にでも触れたら、どうなることであろう……）

お小夜の心を暗くおおったのは、そのことであった。

「しかし、お小夜殿。不思議だの。かれらは、それほどの危険をおかしてまで、なぜこの死がいに、そんな執着を示しているのでござろう？」

お小夜のさしかける傘の下で、三四郎が鍬をふるっている。長いつゆにゆるんだ土は、きもちよくサクサクと掘りおこされていった。

庭の片すみ、まっさおに葉のしげった楓の木の下である。

穴が二尺ばかりの深さにひろがると、三四郎は鍬をすてて、黒猫の死がいをその中へそっと横たえてやった。

丁寧に土をかけてから、河原撫子の一束へ二、三本の猫じゃらしを添えて、その前へたむけてやる。お小夜の情けだ。

うずくまったまま、手を合わせて念じているお小夜の姿は、三四郎の目に、もの珍しい、可憐なものに見えたことであろう。銀色の霧雨の中につやつやしいその髪の黒さに気をとられて、その時まで三四郎も気づかなかったらしい。

庭を横切って近寄ってきた人があった。ふたりの背後へ立って、だしぬけに、

「ナンマイダア、ナンマイダア……」

三四郎もお小夜も、その高声にびっくりして同時にふり向いた。かっぷくのいい、五十がらみの大だなの楽隠居とでもいいたいゆったりしたふうぼうの男である。仙海（せんかい）という僧名のてまえか、頭はつるつるにそってはいるが、いきな唐桟をだらりと着流したところは、いかにも坊主らしくない。庭つづきの隣の住人で、三四郎とはじっこんの間がらだった。

「おう！　仙海殿か……」

「仙海殿か、じゃねえぞ、神奈さん。ナンマイダア、ナンマイダア」

いっこうに念仏くさくない声である。三四郎とお小夜の顔をにやにや見くらべて、

「見とれてさ。もう少しでよだれが流れそうな……はっはっは……ナンマイダア」

「ばかな！」

「と、むきになんなさるな」

苦笑する三四郎の肩の陰へ、お小夜はあからんだほおを隠すようにして小さくなった。

「ご紹介しよう。こちら、お小夜殿と申される。ゆえあって、しばらくここへ客人となられるはずだ」

三四郎のことばにつれて、おもはゆげに頭を下げるお小夜へ、

「や、これはこれは。あっしは仙海と申すなまぐさ坊主でね。口は悪いが、気だては至極やさしいというおうわさだ。それそれ、近いうちにゃあ、いずれおなこうどのご必要も生じようが、その節は坊主頭へかつらをつけても、ぜひひと役つとめてしんぜましょうて……」

「まあ……」

「ははは……それは……冗談だが……」

仙海は、笑いをひそめて、ふっと口をつぐんだ。

霧のようにけむっている雨だ。はれそうに見えて、まだ降りつづいている。仙海は、なにかしらぼんやりとその空へ目をやっていたが、急に、

「神奈さん……」

がらりと変わった、鋭い目と、語調である。

「あすこへ……なにを、埋めなすった?」

「む……」

三四郎は息をのんでその顔を見かえした。

「あてて見ようか。神奈さん……」

「………」

「猫、だろう？」

仙海が、すっと手をあげてさし示す。

「見なせえ」

新しい盛り土のあたり、供えた猫じゃらしを踏み乱して、まっくろな猫の影が、通り魔のようにさっとかすめて消えていった。

「つゆはだいきれえさ。どこもここもじめじめしやがって……」

大あぐらのまま、積み重ねた書籍の山へ背をよせかけて、仙海の口つきはおそろしく伝法である。

「で……あっしに見せたいっていうしろものは？」

三四郎は無言のままあたりを見まわした。

お小夜も気をきかせて座をはずしたものか、狭い部屋の中には三四郎と仙海のふたりきりである。

「おんみには、きっと興味あるものだと思うが……」

三四郎はふところから取り出したものを、静かに仙海の前へ並べて置いた。和吉の両眼にのせてあった、あの怪しい銅銭である。仙海は、じろりと一瞥したまま、すぐには手をのばそうともしない。窓から見える空の色へ、さも心を吸われたさまで目をやった。

しかし、三四郎は、その姿の中に、大きな驚きを押ししずめようと努力している仙海の心の動きを感じたのである。

やがて、仙海は、その二枚の銅銭を、なにげない様子で取り上げた。背をかがめて、じっと見入っている。

「なるほどねえ……」

ひとりごとのようにつぶやいたが、

「神奈さん。あててみようか？」

「あてる、とは？」

「この銅銭を拾いなすったところをさ……」

仙海の声は急に低くなる。

「それは、寂しい、人目の少ないところにちがいねえ。だれか、死んでいる。あおむけざまにころがっていたはずだ。そうして、その死人の両眼の上に、この銭が……」

言いかけて、三四郎を見つめていた仙海の目がにやりと笑ったかと思うと、

「運がよけりゃあ、そのそばで化け物に会えたはずなんだが……鬼灯（ほおずき）のようにつらの赤い……」

「うむ……銭鬼灯というやつ……」

「すると、会えたんだね、神奈さん？　あなたは運勢の強いお人だ。あっしなんざあ、いくら願ったかしれねえが、ついぞそやつにお目にかかれずにいる」

「だが、仙海殿。不思議だ。なぜ、この銭を拾ったところを知っておられる？　まるでそばで見ていたように……」

「この江戸じゅうでのできごとなら、どんなささいなことだって、この耳を素通りにはできねえことになっているものさ」

言いかけたが、突然苦笑して、

「なんて、口はばったいことを言いながら、この銅銭がどういう意味をもっているのか、それさえ知りゃあしねえ。ただ知っているのは、ここふた月ばかりの間に、両眼を銭でふたされた死人が、続いて三つまでも発見されたということだけさ。どれもこれも、脳天を一撃のもとにやられていて、うわさによれば、そのまわりを赤ずきんの化け物がうろついていたっていうことだ。これじゃあ、とんと怪談ばなしだが……」

三四郎もうすうすはそのうわさを聞いていた。殺されたのは、神田の鶴万という両替店の主人と、溜池に近く道場をもうけていた坂田孫兵衛という剣士――そして、三人めは、つい五日ばかり前のこと、芝神明の境内で大評判をとっていた猫使いのお兼という女だった。

なぜにあいついで起こる殺人なのか？

なぜに両眼へのせられてある銭なのか？

その奇怪な取沙汰は、つゆといっしょにうっとうしく江戸の空をおおっていた。

見れば見るほど、まっくろな猫だった。

供養塔をつみ上げてやっていたお小夜は、小石を拾う手をやめて、そのほうを見た。

猫はいけがきの根かたに身をよせて、さっきからじっとこちらをうかがっている。不思議なことに、その金色の目には、さっき見たときのような憎悪の色はあとかたもなく消え去っていた。

この土の下にうずもれているあの死がいと、全くうり二つの毛色、姿だ。

「玉や……」

こころみにそんな名をよんで、手招きしてみる。

「玉や……玉ちゃんや……」

猫はかすかに口を動かして、答えるような低い声で鳴いた。それから、ゆっくりと、二、三歩こっちへ歩みよる……

お小夜は、妙にその姿がいじらしく思われてきて、またいたわるように手招きした。もうしばらくそのままでいたら、猫はお小夜のひざまで来たかもしれない。だが、背後から足音の聞こえてきたのは、ちょうどその時だった。

と見るや、猫はたちまち野獣の本性にかえったように総身の毛をさかだてて、じりじりとあとずさりしたと思うと、一瞬、いけがきをおどり越えて、姿を消してしまった。

「お小夜さん」

近寄ってきたのは仙海である。

「家の中へおはいんなさい。女に冷えは毒だ。子どもができなくなりますぜ」

お小夜は答えることばもなくあかくなっている。

「おうおう。だいぶ肩が濡れている。早く着替えなさらなくっちゃあ……おっとっとと……よけいな世話をやいたが、着替えを持ってきなすったはずは、ねえでしょうねえ？」

仙海はひとりでしゃべって、小首をひねっていたが、

「お住まいは駒形でしたっけね？」

「はい」

「なにか、ほしいものはありませんかえ？　お住まいから取ってきたいようなものは？」

「貧乏暮らしのことでございますから、いまさら別に……ただ、両親のお位牌と……ご近所の酒屋さんからお頼まれした婚礼衣裳の一重ね、もしものことがあったらおきのどくと……それだけが気がかりでございます」

「どうせついでだ。もっと、ほかにはありませんかね？」

「え？　とおっしゃいますと？」

「一走り、あっしが、取ってきましょう」

「でも、あの家は、役人に厳重に見張られておりますから……」

心配そうに言うお小夜へ、仙海はあけっぱなしの笑顔で、

「ほれほれ。窓から首を出して呼んでいらあ、神奈さんが……」

あっはっは……と笑いかけた顔が急にゆがんだとみると、

「しまったッ！　枝豆の鍋を、火にかけっぱなしで忘れていた。ちくしょう！　今ごろは黒焼きになってやがるこったろう……ナンマイダア……」

坊主頭をふり立ててあわてて駆けだしたそのうしろ姿へ、お小夜も思わず笑いだしてしまう。

（なんて、赤裸々な、いいおかたたちなのだろう！）

だが、道化て見えたその仙海が、まもなく、その住まいから立ちいでた姿は、十徳に宗匠ずきんをかぶって、見違えるばかり堂々たる気品を見せていた。

庄助のはりこんでいるお小夜の家へ、ほんとうにのりこんでいくつもりなのだろうか。

お小夜の家のまわりには、まだ河内屋の一味が張りこんでいた。

立ち木のかげにしゃがみこんで、まずそうに煙管をくわえていた庄助の前を、十徳姿の仙海は、ことさら傘をかたむけてゆうゆうと過ぎていく。庄助はちらりと目をやったきり、顔をそむけた。

仙海の姿が、向こうのかどを曲がる。

同時に、その方角にあたって、静寂をつんざくけたたましい竹笛の音が起こった。

ぎょっとしたように庄助が立ち上がる。

「ぎゃっ！」

それは、たしかに人の悲鳴だった。

すわ！　とばかり、待機にしびれをきらしていた庄助の子分たちが、そこらの物陰からばらばらっと姿を現して、いっせいにその方角へ走っていった。

すると、それを待っていたように、実に思いがけぬ路地口から、仙海の宗匠ずきんがひょっこり現れた。どこかへ置いてきたのだろう、傘はさしていない。別に身を忍ばせるでもなく、驚くべき大胆不敵さで、向こうむきになっている庄助の背後を抜けて、木戸口からお小夜の家の庭へはいっていく。

まるで、おのれの住まいへでも帰ってきたかのように、静かに雨戸をあけて、中へ入って、また静かにしめる。

子分の足音にひかれたように二、三歩あるきかけた庄助は、なにかはっと感じたように、ふりむいて、その雨戸のほうを見た。しかし、その雨戸はちゃんとしまったままである。

「親分！　不思議なことがあるもんだ。あの竹笛と人声……だが、どうしたことか、あの方角にゃあ、人っ子ひとりいやあしません。妙ですねえ、親分……」

狐（きつね）につままれたような顔つきでもどってきた子分が、庄助の耳へささやくように言った。

「それとも、もう少し調べてまいりましょうか？」

「うるさい！」

庄助は不機嫌にしかって、まだ、じっとその雨戸を凝視したままでいる。仙海は、座敷へ上がると、仏壇の前へうやうやしく合掌した。

「ナンマイダア……ナンマイダア」

（ははは……この坊主、ナンマイダアのほかはお経のおの字も知りゃしねえ）

座敷のひとすみに、縫い上がった婚礼衣裳らしいものがある。仙海は、捜し出したふろしきへ、その衣裳と仏壇の位牌と、ほかにお小夜の衣類二、三組を包んで、自分の今ぬいだ高下駄といっしょに左手へかかえこんだ。雨戸の外へ、だれか歩みよってくる忍びやかな足音が聞こえる。

仙海はそのほうへ、にやっと笑いかけながら、座敷の中央へ、なにか白い小さな玉のようなものを置いた。そして、足早に部屋を横切って勝手もとまできたと思うと、もう一度、ゆっくり家の中を見回してから、そこにたれさがっている引き窓の引き綱へ右手をかけた。

身をおどらす、というよりも、それはちょうど、巣をたぐり上がる蜘蛛の敏捷さだ。はっと思ったときは、もう引き窓の上へのぼっていた。

同時に、ドドド……とすさまじい爆音をたてて、座敷の中央においた白球からまっかな火炎が立ちのぼった。

仙海は屋根の上にあって、喚声といっしょに家の中へなだれこむ人の気配を聞いてから、間髪を入れず、大地へとんでおりて、それから、傘のおいてある路地のほうへゆうゆうと歩いていった。

息一つ、はずませてはいない。今そこで、あれほどの大しばいをうってきた人とは思えぬ落ち着きぶりであった。

これまでに、こういうことを幾十度となく繰り返してきた人のように、仙海はゆうゆうと歩いていく。しかし、なにげなく見えるその一歩一歩は、驚くばかりの巧みさをもって、追っ手の喚声から遠ざかっていくのだった。

いちじは、庄助のわめき声がすぐ背後に追いせまって、ぬかるみを踏むあわただしい足音まで聞こえたほどであったが、仙海のほうがはるかに役者は上だったとみえて、たちまちかれらの間にへだたりができてしまった。

追っ手の足音が全く聞こえなくなってしまうと、仙海はかかえていたふろしき包みへ目をやって、はじめて微笑した。どこから見ても、ゆったりした大家（たいけ）の楽隠居である。

「ナンマイダア、ナンマイダア」

と、口の中でなにかうれしそうにつぶやく。これが、この男の口癖なのであろう。尋ねあてた酒屋へ娘の婚礼衣裳を置いてくるときも、かれはその微笑をつづけていた。

しかし、用をすませてその酒屋の店先から立ち出た時——雨はもうほとんどやんでいた。仙海は、傘をひろげようか、よそうかとためらいながら、ふとそのほうを見た。斜め向こうの家の軒下に、雨やみする恰好で、その男は立っていたのである。頭も肩もしっとり濡れていた。はしょった着物のすそからむき出した片足の、ひざのあたりをさらしでしばって、うっとりと空を見あげているその顔の、片ほおに古い刀傷のあとがうす黒く見えている。

仙海は、雨を手にうけてみてから、とうとう傘をひろげて歩きだした。その男の前を、気にもとめぬふうで、通りぬける。

とたん、空を見上げていた男の目が、前を行く仙海の横顔へ鋭く注がれた。それは、お小夜にふろしき包みをたのんだ、あの米五郎という男だったのである。

米五郎は食いいるように仙海のうしろ姿をにらんでいたが、やがて、水たまりへぺっとつばを吐いて、歩きだした。

仙海の背をにらんだままである。腕組みの肩をいからせて、鼠をねらう猫のように、家々の軒下をつたわって、つけていくのだ。

仙海はそれに気づいていただろうか。相変わらず、ゆったりした歩調で、一度もうしろをふり向いては見ない。

日暮れに近い雨の空は、もう墨を含んだように低くたれさがって、仙海の抜けていく路地には濃い影がおちていた。

寺の上べいがつづいていて、ほかに人影は全くなかった。

そこまでくると、組んでいた両腕をとき離して、突然、米五郎は足を早めた。

「おい！　待ちねえッ！」

威嚇するように、太くしわがれた声だ。仙海はちょっと足をとめかけたが、そのまま聞こえないふりをして歩いていく。

「おい、待てったら！　坊主！」

米五郎はかみつくように言って、追いついた仙海の背をぐっとわしづかみにした。

仙海は傘を投げ出して、よろけながら、

「乱暴な……」

「なにをッ！　呼んでるのが聞こえねえのか！」

「わしにご用でござらっしゃるのか？」

「用があるから呼んでるんだ。てめえ……」

米五郎に胸ぐらをとられて、仙海のからだは風に吹かれる案山子（かかし）のように揺れ動いた。

　米五郎は仙海のえり首をしめ上げるようにしながら、

「坊主！　てめえ、今どこから出てきやがった？」

「苦しい……乱暴なお人じゃ。手を離してくだされ。それでは口もきけぬ……」

「よし。それ、離してやろう」

　米五郎が突きやるように手をはなすと、仙海のからだはのめりそうに土塀のそばまでよろめいて行った。

「わしは怪しい者ではござらぬ。江戸橋の上総屋（かずさや）の隠居で和幸（わこう）というものじゃ」

「うるせえッ！　名まえをきいてるんじゃねえ。これが見えねえか？」

　抜いた匕首を鼻先へぬっとつきつけて、

「さっさと答えろよ。おれあ、二度と訊き直しはしねえぞ。今、お小夜って女の家から、てめえ出てきたろう？」

「そ、そりゃあ、おまえさま、なにか……」

「なにッ！　この匕首が見えねえのか、てめえ？」

「でも、わしは……」

米五郎は、つかつかっとつめよって、

「いいかげんにしろ。おれはてめえがあの家の方角から逃げてくるところを見ていたんだ。甘く見やあがると……」

「………」

口をつぐんだ仙海は、ゆっくりとあたりを見まわしてから米五郎のほうへ向き直った。その顔へ、かすかな笑いの影が、にやっとうかぶ。

（あ！）

米五郎は、その笑いにふれて、ぎくっとしたようにからだを引いた。仙海は、落ちていた傘を拾ってゆっくりとたたむ。そのしわざを、米五郎はまじまじと見つめていた。

「親分さん。わしは、行かせてもろうてもよいのでござりますか？」

「ちょっと、ちょっと、おまえさん……」

米五郎は、息をはずませながら、あわてて手をふった。

「どうやら、お見それ申したようでございます。あっしゃ、米五郎っていう、けちなやろうだが、失礼ながら、おまえさんは？」

「わしは、江戸橋の上総屋の……」

「ご冗談を……あっしの目はまだ腐っちゃいねえつもりです。きっと、名のあるおかたとにらんだのだ」

「困りましたな。わしは、今もいうとおり、江戸橋の……」

「くどくは言わねえつもりだが、片名のりをさせられて、黙って引っこんだとなると、まずいつらだが、この米五郎の顔がたたなくなりまさあ。それとも、おまえさん、仲間の仁義を欠いても名のれねえ訳があんなさるのかえ？」

仙海は米五郎の顔を見ながら、ふふふと鼻で笑った。

「名のったら、米五郎さんとやら、おまえさまがお困りだろう……」

「そう言われると、ますます訊きたくなるのが人情だ」

「困ったお人じゃの。ナンマイダア……」

その仙海の声をきくと、米五郎ははっとしたように顔色をかえて、同時に二、三歩うしろへ飛びすさっていた。

「ああっ！　お、親方さんじゃござんせんので?!　ね、念仏の？」

そう叫びながら、手足をわなわな震わせた。

仙海は、当惑したようにちょっと渋い顔をしながら、米五郎を見つめていた。

「そ、そうでしょう？　親方……念仏の……言ってくだせえよ。もし……そうなんでしょう？」

米五郎の声は、うめくように熱っぽくしわがれている。

「いいじゃあねえか。名のってくんなすったって……」

仙海は、かがみかげんに丸くしていた背をまっすぐに伸ばしながら、突然、空を仰いで笑いだした。

「はっはっはっ……」

だが、その高笑いが、途中でふっととぎれたと思うと、にわかにつり上がった仙海の両眼が、じろっと米五郎の顔へすえられた。

「そう、ずぼしにこられちゃあ、いまさら隠しだてもなるめえ」

がらりと変わった、鋭い声である。

「……そうだ。お名ざしの、念仏の仙十郎だ。おれは……」

「あ！　じゃあ、やっぱり！」

米五郎は、いまさらしくあわてて どもりながら、驚異の目を見はって相手を見直す。

「まことにすんません。お見それ申しまして……へい。こんなところで、音に聞こえた念仏の親方さんにお目にかかれるなんて……」

そうだろう。米五郎が目を見はるのも無理はないのだ。

念仏の仙十郎といえば、元禄の初期数年間を、闇の帝王として暗黒街に君臨した奇怪な盗賊として伝えられている。

そのあだなのごとく、念仏を口癖に唱えているということと、その神通力の前にはいかなる金庫錠まえも無力に等しいということとが信仰的に信じられている以外、なんぴとといえども、その素姓、おいたちはおろか、顔形さえ見知っている者はないくらい、神出鬼没な相手なのだ。ただ、その賊としてのやり口に、一風変わった——いわば、ほとんど絶対的といえる強力な支配権に主義をもって反抗していこうとするがごとき様子がうかがわれて、それが江戸庶民のひそかなる拍手を浴びて、やがては闇の英雄に擬せられてきたのだった。その仙十郎が、今こそ仮面をぬいでそこに立っているのだ。米五郎の声は、相手の凝視をあびて、しらずしらず震えを帯びてきた。

「なんともはや、知らねえままに御無礼を……あっしゃあ、その、実は、親方さんが、あの娘の家から出ておいでんなるところを見かけたもんで……いいえ、もうその……」

「米五郎、さんとかいったねえ？」

「へい……」

「ついてきなよ」

「えっ？」

「いいから、ついてきなってことよ」

　仙海は言いすてて、傘を右手にぶらぶらさせながら向こうむきに歩きだす。

「ど、どこへいきますんで？」

　しかし、仙海はむっつりと口をつぐんでいる。

「親方さん。いったい、どこへ？」

　米五郎はしかたなしに、おずおずとそのあとについていった。路地の行きづまりに一個所土塀のくずれおちたところがあった。仙海は大またにそれを越えて中へはいった。とたんに、まくれた着物のすそから、太ももの入れ墨がちらっと米五郎の目を射る。

「ね、ねえ。親方さん……ど、どこへいきますんで？」

　またいではいった土塀の中は、荒れはてた墓地つづきであった。

「ここなら、じゃまははいるめえ」

それまで黙々と口をつぐんでいた仙海が、まっさきに言ったことばがそれだった。くずれかかった墓石の間に立ちどまって、けわしい目でじっと見すえながら、

「おい！」

「へ、へい……」

「てめえ、持っているだろうな？」

「なにをで？」

「匕首をよ。かってに抜きな。おらあ、刃物はいらねえ。この傘で、たくさんだ」

「ふえっ！」

米五郎は悲鳴に似た叫び声をあげながら、二、三歩あとへよろめいて、

「お、親方さん！　そりゃあ、そりゃあいったい、なんの話なんで？」

無言でいる仙海の、くちびるのあたりに薄笑いのかげがちらっと動く。

「おい、米五郎……」

「へ、……」

「抜けッ！」

鋭く叱咤したかと思うと、仙海はやにわにつかつかっと米五郎の前へつめよってき

た。

「そりゃ違う！　そりゃ違う、親方！」

米五郎は、顔色を失って、へたへたとそのぬかるみの中へ腰をおとしてしまった。

「あっしゃあ、おまえさん、あやまってるんだ。このとおりだ。念仏の……あっしゃあ……」

米五郎のおびえきった目には、仙海の姿は雲つくばかりにすさまじいものに見えた。

「親方さん。このとおりだ……」

「かわいそうだが……」

おっかぶせるように重い声だ。

「この素顔を見られちゃあ、生かしておくわけにゃあいかねえ。なあに、念仏はおれの得意さ。安心してねむってくんな。へただが、ひととおり引導も渡してやろうさ」

「そ、そいつはあんまりだ。あっしゃあ、決して親方のふためなこたあ口外いたしません。このとおりだ。拝みます」

しりをおとしたまま、ぬかるみの中をあとずさりしながら、手を合わせて哀願する。

「拝みます。親方さん。お慈悲だ……」

さっきまであれほどいたけだかになっていた男が、役者が違うとはいえ、あまりにあわれなすくみ方である。

その顔を見つめていた仙海の目に、あわれむような苦笑といっしょに、当惑の色がうかんできた。

「そんなに、命が惜しいのか？」

「そ、そりゃあ、あたりまえでしょう？」

と、吐き出すように、

「そんなら、忘れてやろう。今度だけは……」

「じゃあ、許しておくんなさるんで？　あ、ありがてえ！」

「だが、てめえも、おれのことはすっぱり忘れてしまうんだ。へたなことを口走ると……おい、仙十郎の恐ろしさを覚えておけよ」

「死んだって、言やあしません。へい……」

「いいから、立ちな」

「へい」

「こっちへよれ。少し訊くことがある」

米五郎は、まだかすかに手足をふるわせながら、おずおずと立ってきた。

「米五郎。てめえの今やってる仕事について、残らずどろをはけ」

「えっ！」

米五郎はまるで白刃をつきつけられでもしたかのように声をあげた。

「あっしのやってること？　いいや、別にあっしは、珍しいこともやっちゃあいませんぜ」

「米五郎」

「へ……」

「おれが仙十郎だってことを、よく覚えておけ。それでなお、おれの目を節穴にする気なら……」

「そ、そういうわけじゃあねえんで……」

米五郎の額にはあぶら汗がじっとりとうかんできた。

「言います。かくしゃあしません。へい……ただ、恐ろしいんだ。あっしゃあ……あっしの口から洩れたってことが知れたりすると……」

米五郎は、眉をしかめて吐息をついた。

「あっしの本職は、猫の皮はぎでさ。人間より畜生のだいじがられる変なご時世で……商売はあがったり……四苦八苦のところへ、この仕事が舞いこんだんでさ、親方さん。猫二匹が五両になる。命がけだが、ぼろいかせぎってわけで……馬道の和吉ってやつに頼まれてねらった猫が、ご存じでしょう？　このあいだやられたばかりの、芝ではやりのお兼って女の飼い猫二匹……すごいほどまっくろな猫でした。その二匹が、死んだお兼をしたうのか、橋場の凌雲寺にあるその墓場のまわりをうろついているってことを聞きこんで、とうとう一匹をわなにおとしましたが、もう一匹のやつがギャアギャア鳴きたてやがるもんで……あの、庄助っておかっぴきにかぎつけられて……あぶねえところでした。ほんとうに……」

「お小夜という娘に、その猫の包みを和吉のところへ届けさせる。それは知っているんだ。そうして？」

「待ってるうちに、家の外をうろついている庄助の姿を見つけたんで、あわててそこから逃げだしました。その足で和吉の長屋へ行ってみると留守なんで、すぐまた梅鉢長屋へ駆けつけて見ると……」

「死んでいたんだろう？」

と答えながら、ぶるぶるっとからだをふるわす。

「あっしゃあ、いずれお小夜って娘が、自分の住まいへもどってくるものと思って、引き返してきて、物陰で様子を見ていたんでさあ。そうすると、親方さんが……」

「和吉って男が、なぜお兼の飼い猫へ五両もはずもうとしたか、その訳を知っているだろう?」

「そ、そりゃあ知らねえんです！　ほんとうだ！　かくしゃあしません」

仙海は疑わしそうににやりと笑ったが、

「そんならそうとして置こう。だが、もう一つ、きく」

たもとをさぐって、三四郎から譲られた例の銅銭の一枚をとりだした。

「知ってるだろう?」

米五郎は一瞥したまま、

「ああっ！」

肩も手もわななわなとふるわせて、

「そいつは、死人銭（しびとせん）だ！　呪殺銭（じゅさつせん）でさあ！」

「へい……」

「やろう！　言え！　死人銭とはなんだ？　呪殺銭とはどういう意味だ？」

「親方！　言う。残らず言う！　だが、あっしゃあ知らねえのだ。ほんとうに知らねえのだ。ただ、その銭がのろいの魔銭だってことのほかは……ねえ、親方。あっしゃあこれんばかりもかくしゃしねえ」

米五郎の顔は死人のようにあおかった。

発作のように、いちじ急激におそいかかった恐怖からわれにかえると、米五郎はまだ震えの去らぬ声で、ためらいながら言った。

「その銭についちゃあ……」

うわ目づかいに仙海の顔を盗み見ながら、

「いや、その銭ばかりじゃねえ。もっとほかのいくつかの銭について、みんな知りたがっているんでさあ。しかし、それを知るにゃあ、一つしか方法はねえのです」

「なあるほど、それで？」

「精撰皇朝銭譜（せいせんこうちょうせんぷ）――そんな名でござんした。古銭の本でさ。それを手に入れるよりほかはねえのです。その本は、この世にたった一冊しかねえという話で……」

「あり場所は？」

「言ったってむだでしょう、そりゃあ……所もあろうに、当代での大物、柳沢様のお倉の中ときちゃあね……」

「ほう！　柳沢の？」

仙海は反問するように言って、それから、ゆっくりと肩をそびやかした。

「それがほんとうなら、おもしれえ」

「え？　おもしろいって？」

「米五郎」

「へ？」

「くどいようだが、おれのことは、これっきり忘れてくれるんだろうな？」

「そ、そりゃあ、もう！」

「ちょっと、目をつぶってみろ」

米五郎は、なにをされるのかと怪しみながら、おずおず目を閉じた。

そのまま……

「親方さん」

静かだ。カタリとも音がしない。

「親方さん」

また呼んで見たが、返事はなかった。

おそるおそる目をあけてみると、

「あ！　ちくしょうッ！」

仙海の姿は米五郎の視界からこつぜんと消えうせてしまっていたのだ。

米五郎は、ぶるっと身震いして、あわてて走りだす。

（ちくしょう！　覚えていやがれ！　大きなつらしやがって……だが、このおれさまが、いつの間にかてめえの隠れ家のありかをかぎつけてしまったと知ったら、どんなつらするこったろう？　なにが、念仏でえ！）

米五郎は、悪党らしく、いつの間にか仙海のさしていた傘の特徴を、目ざとく見てとったのだ。

（養信寺と書いてあるからは、その寺へ備えつけの傘だろう。たぐってゆきゃあ、穴はすぐだ。やい！　ざまみろ！　油断させるために、聞かせともねえことまで聞かせてやったが、今にほえづらかかしてくれるから待ってろよ！）

もうよほど夕闇が濃さを加えて、米五郎の走っていく足もとは、墨をはいたように暗かった。

「あっ！」

と、突然、走っていた米五郎はなにかにつまずいて泳ぐように前へよろめいたのである。

なにかしらぞっと冷水を浴びたここちがして、ふり仰ぐと、ただえさ暗い空を巨大な銀杏（いちょう）の梢（こずえ）がいっぱいにおおっている。

そして、その銀杏の木の下に――

「ううっ！」

あまりのはげしい驚きに、米五郎はのどをひきつらせてあえいだ。

「だ、だ、だれだッ?!」

血闘

枯木のようにやせて背の高い人影であった。銀杏の陰に添って、影法師のように、ふらりと立っているのである。

「だ、だれだ?!」

米五郎はがらにもなく、一瞬、幽霊か? と疑ったのだが、声もなくゆらゆらッと動きだしたその影を、薄あかりのなかにはっきり見直すや、たちまち、歯をガチガチかみならして震えだした。

一難去ってまた一難。

それは、米五郎にとって、幽霊よりも恐ろしい相手だったのである。

銭形をおし散らした朱色ずきんに、夕闇にとけて流れそうなまっくろな衣類、片手に弓の折れをつえにつきながら、見おろすように立ちはだかっているのは――あの、怪物銭鬼灯その人であった。米五郎はわなわな身をふるわせながら、本能的にあとずさりしていったが、すきをねらって、やにわにさっと逃げだそうとした。必死の勢いである。だが、

「あっ！」

と声をあげて、そのからだはもんどり打って大地へのめった。

間髪を入れぬ速さで、米五郎の向こうずねを払い上げた鎖の一端が、夜空へ大きく弧を描いて銭鬼灯の手へもどってくる。

「米五郎！」

特徴のあるしわがれ声が、威嚇するように頭上から降ってくると、立ち上がろうとした米五郎はまたへたへたとそこへすわってしまった。

「梅鉢長屋では、会えなかったな？　あいにくと……」

米五郎はなにか言おうとするのだが、舌がもつれて声が出ないのだ。

「和吉は誘い出してひと思いにしとめたが、来るはずのきさまは見えず……あの小娘と、小生意気な若僧とを、おりあしく鳴き出しゃあがったお兼の黒猫の声についひかれて、むざむざと手放してしまった心残りも……ふふふ……縁があるんだなあ、きさま

とまたここで会えた。これで、皆帳消しになる……」

　米五郎の顔にも姿にも、もう生きたさまはまるでない。

「これ！　あの、小娘はあれからどうした」

「…………」

「若僧は？　また、あの黒猫は？」

「…………」

「……知らねえのか？」

　ずきんの間からのぞいている糸のように細い左目が、くいいるようににらんで冷たく光っている。

「では、もう一つ訊こう。今、そこで、きさまが立ち話をしていた相手は何者なのだ？」

　米五郎は、相手の顔を盗み見ながら、おそるおそる立ち上った。うまくしゃべったら、なんとか逃げ出すすきが見つかるかもしれない——ふと、そんなことを考えて——

「だ、だんな……あいつは、あっしなんかと比べものになんねえ大物なんで……お、お聞きでしょう？　念仏の仙十郎って、大どろぼう……なんでござんす、だんな」

「ふむ……仙十郎か？」

と、別に感動した様子もなく言って、

「それから？」

「た、たぶん……養信寺とやらいう寺の付近に住んでいて……」

「それから？」

「へ？」

「もう、この世へ言いのこしていくことはないかと訊いているんだ？」

「だ、だ、だんなッ！」

米五郎はせいいっぱいの声で叫んで、狂ったように手をふった。

「ど、どうしようってんだ?!　おれを……こ、この、おれを？」

「どうすると？　ふふふふ……」

憎悪を含んだ氷のように冷たい笑いである。

「大向こうのお客さまにゃあお笑いぐさよ。因縁だと思え、げろうッ！　いまさら、知らねえとは言わさねえぞ。浮田(うきた)家十七代の秘宝、髑髏銭(どくろせん)の所在をねらって蠢動(しゅんどう)するうぬが、うぬらがよも知らねえはずはねえんだ。うぬらの、あるいはうぬらの親兄弟どものどんらんのきばにかかって、浮田家が滅し、散じはてたと伝えられてからすでに三十有六年。ああ！　待ちかねていたろうなあ、地下のお人達！　だが、おれはこうして生きて動いている。浮田家の血はまだ絶えちゃあいねえのだ！　動くなッ！」

声のはげしさに似げなく、その姿は凝然と微動だにしない。

「怨恨だ！　憎悪だ！　見ろ！　おれの歩んでいくあとを！　神田の鶴万を、溜池の坂田孫兵衛を、芝神明のお兼を、馬道の和吉を……それから、五人目！」

銭鬼灯は、さっと右手のつえをあげて、米五郎のまっこうを指さした。

「死ねッ！　げろうッ！」

「うわっ!!」

恐怖にうわずったうめき声をあげて、米五郎は身をひるがえして走りだそうとした。

がくっと前へ折れた銭鬼灯の上半身の、その肩のかげから、あたかもつき出した一本の長槍のように、さっと宙を斜めに飛んだ鉄鎖のうなりが——

「たわけッ！」

しかし、その必殺の一撃が、銭鬼灯の手をはなれると見た瞬間、突然、ぎらっと薄闇を縫って流星のように飛来した一物が、その手首の肉を削って向こうへ飛び過ぎた。

あっ！　とたんの気息の乱れが、手もとを狂わせたか、宙へうなった分銅は、向こうへころんで逃げた米五郎の頭蓋骨(ずがいこつ)を逸して、むなしくそばの墓石へ戛然(かつぜん)と火花を散らす。

「だれだ？」

不意の襲撃に驚くよりも、それに気づかなかったおのれの不覚さに愕然としたらしい。

「まあ……ぶすいな声をお出しでないよ」

つやっぽい声といっしょに、そばの卒塔婆(そとば)のかげから、ゆらりと浮かび出てきた夕顔の花――こづまをからげて、えんぜんと立ったのは、胸のすくようにこいきな美しい女である。この暗さの中では、その視力はもうほとんど役にたたないらしい。銭鬼灯はじっとその隻眼を、こらすようにうかがっていたが、

「女か？」

「まあ、ねえ。これでも女の部類だろうねえ」

「だれだ？　なにしにきた？　なぜじゃまをする？」

「おやおや。そう一度にきかれたって、返事に困りますよ。名のるほどでもないが、親

からもらった名はお銀といってね。世間さまじゃあ、その上へ十六夜なんてけっこうなあだなをつけて呼んでくださるのさ。ちょいと、鬼灯さん、覚えといてくださいよ。十六夜のお銀っていうんだ。あたしゃあ……」

そう言いながら、こうした場合に不似合いなほど明るい声で、

「ほほほ……」

と、声をあげて、おもしろそうに笑うのだった。

「ああ、ねえさんか……」

大地をはって、ころげるようにお銀のそでの陰にかくれた米五郎は、はじめて蘇生したように吐息をついた。

「よ、よく来ておくんなすった。あっしゃあもう、もう少しで……」

「よく来てくれたもないもんだよ。あの、四つんばいになった恰好なんて見ちゃあいられなかった。男のくせに……」

お銀は、注意深い視線を銭鬼灯の気配にそそいで、あの必殺の鉄鎖を警戒してか、三、四間の距離をおいたうえ、さらに石塔を小だてにとっている。

「ちょいと、鬼灯さん。拝見してたけれど、なるほどすごい大しばいでしたねえ」

「十六夜とやら、お銀とやら。口も達者だが、度胸もなかなか相当なもんだな」

「とかなんとか、おだてながら……あら、いやだよ。じりじり寄って来ちゃあ。さいわいお目が不自由な様子で、あたしもこうしてだべっていられるが、ほほほ……あたしだって命が惜しいもの。あぶなくなれば大声をたてて逃げますよ」

暗くてよくは見えぬが、銭鬼灯は覆面のかげで苦笑したらしかった。そして、その苦笑が消えると、反動的に、なにか堅い冷ややかなものがその全身にひろがってくる。その足の指先は、絶えず一定の方向へじりじり動いていた。

「女……」

ひどくがたっと調子のおちたその声音(こわね)が、妙に陰々と無気味だった。

「おれの呪殺帳(じゅさつちょう)に名をのせないでくれ。おれは血がきらいだ。たまらなくそのにおいがいやなのだ。もう、人殺しはあきあきしている。しかし、おれの宿命は、まだまだおれに、人殺しをしいるだろう。おれはとんと道化者だ。そう見えるだろうなあ……おやじが殺された。おふくろが殺された。血をもって守らねばならねえ秘宝がある。おれは生きている。生きている間は、まだ血のしぶきをまかねばなるめえ。それ、そこにいる米五郎も、その宿命のひとりなんだ。女……さからって、おれの罪業をふやさねえでくれ」

「ああ、ああ。そんなにしんみりしちまっちゃあ、あたし困るじゃないか。罪業もなにもありゃあしませんよ。どうせこの世は強いもの勝ちなんだ。あたしゃ強い人が大好きさ。そら、鬼灯さん……あの物音が聞こえますかえ？」

耳をすますと、塀外を、忍びやかに過ぎていこうとする入り乱れた人の足音が聞こえる。

「聞こえるでしょう？　このへんでは、親分でとおっている河内屋庄助っておかっぴきの一味なんですよ」

お銀は、そう言いながら、銭鬼灯の気配をうかがって、じりじりと背後へすさりだした。

「実を言うと……さっき、米五郎をここへひっぱりこむ男の姿を通りすがりに認めてね。様子をうかがってると、びっくりするじゃあありませんか、念仏の仙十郎だったのさ、その男が……例の物好きの虫が頭をもたげて、ひとつ仙十郎の大舞台でも見ようかしら……そんな気持ちでわざわざご苦労様にも庄助を呼びにいったんだが、もどってみると、驚いた。米五郎の相手があなたに変わっている……まあ、いいさ。目が悪いんでおきのどくだけど、ひとあばれ、胸のすく鎌(かま)の切れ味でも見せておくれでないか？　ねえ鬼灯さん、たのみますよ」

お銀は銭鬼灯の襲撃をさけるように、墓石をまわってすさりながら、すかさず竹笛を口に含んだ。

「あっ！　ねえさん、なにをするんだ。庄助に囲まれたら、おれたちまで逃げ場をうしなうじゃあねえか！」

あわててさえぎろうとする米五郎を、

「米公！　なにをあわくってやがるんだい！」

お銀はつきのけるように、しかって、やにわに竹笛を吹きならした。

ピピピピ……

米五郎も銭鬼灯も、そして塀外の足音も、同時にぴたっと音を殺して――

次の瞬間、その足音は、にわかに人の喚声をまじえてわきたってきた。

銭鬼灯は――

一度、じろっとお銀のかくれた方角をにらんだが、一語も発せず、すぐ塀外の動きへ耳をそばだてた。

下駄をぬぐ。

すそをはしょる。

沈んだ、むしろのろのろした、まだるっこい動作でそれらのことをしおわると、静かに一呼吸して、つえをたよりに、そろそろとくずれた塀の方角へ歩きだす。

塀外の足音も、それと同じ方角へ、なだれるような速さで動いていた。塀のくずれめのあたりが、なだれてきた捕り方のちょうちんの灯でぽーっと明らむ。

と——その明るさに生気を得たかたちで、銭鬼灯はつえを捨てざま、つつつ——とすべり寄っていった。

ぶつかりそうに、出会う。

同時に、げーっと、悲鳴とも喚声ともつかぬ叫びをあげて、二つの人影が、一つはつんのめるように大地へ、一つは卒塔婆をけちらしながら墓地の中へ——

「わっ!」

霧のように飛んだ血潮をまっこうからあびて、不意をくらってどよめいた捕り方の背に、おされてつぶれたちょうちんが、にわかにめらめらっと燃え上がった明るさの中を、右手に高々と鎌を振り上げた銭鬼灯の姿が、地へのめるように走り抜けた。

「や！」

「あ！」

「それッ」

驚愕とろうばいからやっと立ち直った捕り方たちは、いっせいにちょうちんをふりかざし、十手をひらめかせて、その影に追いすがっていった。路地がつまると立ちどまる。立ちどまった銭鬼灯は、ふり向きざま、ざっと横へ飛びすさる。

悲鳴もない。卵のからをたたきつぶすような、グスッという鈍い音といっしょに、十手をほうり出したひとりが、頭をかかえながら銭鬼灯の足もとまでのめってきてうずくまった。

同時に鉄鎖をたぐった銭鬼灯の手に、血にまみれた脳髄がぐちゃりとからみつく。

「御用だッ！」

叫んだ男は、相手の左目が細く見開いて自分をねめつけた気配に、踏み出そうとした足をはっとして引きもどしたが、分銅の飛来する速さはそれよりもはるかに速かった。

細い悲しそうな悲鳴を長くひいて、燃えながら空へ舞い上がったちょうちんを捕らえようとでもするように虚空へ両手をのばしながら、仲間の群れたただなかへのけぞっていった。

「おのれッ！」

「うぬッ！」

「御用だッ！　神妙にしろッ！」

たけりたつ喚声の中を、銭鬼灯はそこここへつまずきながらまた走りだす。

庄助の配下は、数も多かったし、地の利にも通じていた。それに、銭鬼灯にとってなによりの障害は、やっぱりその目の不自由さであったらしい。

「ちょうちんを消せ！　あかりを消せ！」

だれいうとなく叫んだ声に、一つ、二つ、三つ……たちまちちょうちんが消えていくと、あとは雨雲の低くたれこめた薄暗い夕闇の広がりであった。その暗さの中を、銭鬼灯はしばらくは、つまずきつまずき泳ぐように危うく走っていたが、ついに走ることを断念したように立ちどまった。

「見ろ！　やろうは病目だぞ！　一息に引っ包んで、くくってしまえッ！」

庄助はあせっていた。

昼間から、相当の大物とめぼしをつけた獲物を、つまらぬことから再三逸してしまった鼻先へ、密告を受けて半信半疑はせつけてみると、予想外！　これはすてきな大物ではあった！

もう一息！　庄助も、配下のものも、はげしく息をはずませて、その獲物の周囲をめぐっている。

だれかが、石を拾ってぱっと投げつけた。それを見ならうように、やにわに小石の雨が息もつかせず降りそそぎだす。

銭鬼灯はわずかに立ち木をこだてにとったばかりで、雨と降りそそぐ石つぶての中に凝然と動かない。鎌の刃（やいば）がぎらっと光る。無気味な姿だ。

赤ずきんもそでも裂けてきた。足も腕も、みるみるつぶてに砕けて、ぬらぬらと血が流れた。

ずきんからのぞいている隻眼のすさまじい気魄（きはく）が、相手を一歩といえども近づけはせぬが、しかし、かれが動けば捕り手の人がきも動く。とまればまた止まって、わっと喚声をあげる。少なくとも脱出すべきすきなどあろうとは思われなかった。

（しめたッ！）

庄助は、その時思わず胸の中で叫び声をあげた。今、獲物の迷いこんだところは、行きづまりの袋路地のはずだった。

「今だッ！　息を抜くなッ！」

庄助の叱咤に、どっとあがった喚声の下から、列を抜けてさっと走り出た十手があ る。これまでに、同じ経過をとって、幾人その鎌の閃光のもとにたおれ伏したであろう。今もまたひとりが、不快な鋭い悲鳴といっしょに……

しかし、その返り血を避けようとしてわきへとびすさった銭鬼灯は、とたん、思わぬ井戸げたにつまずいてよろめいた。泳ぐようにのめっていったからだが、はずみをくってそばの木戸へドンと突きあたる。

「あ！」

愕然として叫んだのは庄助である。

閉まっている、とばかり信じていた木戸がさっと開いてその姿をのんでしまったのだ。

「やろうッ！」

庄助はうめきながら、その木戸へからだをたたきつけていったが、もうびくとも動かない。

そのろうばいぶりをあざけるように、突然、

「ほほほほ……」

と女の笑い声が……

木戸の中へよろけこんだ銭鬼灯は、あやうく立ちどまりながら、闇の庭をすかして見た。

「先刻の、女だな?!」

「そのとおり、鬼灯さん……」

お銀の笑顔が、手の届かぬところにほんのり白く揺れている。

「あたしって女も妙な性分さ。自分で自分がわからなくなってくる。まあさ、むごたらしくって見ちゃいられなくなったとでもいうのかねえ。さあさ、今夜のところは黙って逃げてくださいよ。そこを右へ曲がって少し行くと川岸へ出ます。船が待ってるはずさ。さみだれの大川下りなんてのも、ちょっとおつじゃありませんか……じゃあ、あたしはここでおさらばしますよ。どうせ髑髏銭（どくろせん）につながれたあなたとあたしさ、そのうちまた会うときもあるでしょう。ほほほ……」

闘花蝶（とうかちょう）

「お目ざめでございますか……」

下手（しもて）へ手をつかえて首をかしげながら微笑しているお小夜へ、三四郎はちょっとまぶしそうに目を細くしたが、

「やあ！」

ひょこっとふとんからはね起きて、

「お小夜殿でしたな？」

さも珍しそうにしげしげと、お小夜の顔を見守るのだった。

「いやどうも……夢のような気がして……夢ではなかったのですな？」

起き上がった三四郎の、背後へまわったお小夜が、

「あのう……お召し替えを？」

「いやいや、それにはおよばん……決してそんなことしてくださらんでも……」

「でも……」

「さようか。どうも、これは恐縮だな」

お小夜はその肩へ衣類をかけてやりながら、りゅうりゅうたるたくましい筋肉の盛り上がりへ、なにか見てならないものを見たように、ぽっとほおをそめて目をそらせた。

「昨夜は眠れましたか？」

「は……」

「よく眠れなかったかも知れぬ。だいぶ蚊が出たようだから……」

蚊のせいばかりではない。家が変わり、床がかわり、まして、信頼しているとはいえ、生まれてはじめて若い異性と一つ家に寝たのだから……

昨夜は寝るまでひと仕事だった。乱雑に積まれたままでいたおびただしい書籍を整理して、三畳の間へお小夜が、こちらへ三四郎が、と間を仕切ってふとんをしけるまで……いや、いよいよとなってから、そのふとんのないことに気がついて仙海が近所へ賃借りにいってくれたりして……

「おちょうずのご用意を、お庭のほうへいたしておきました」

「やあ、それはそれは……」

恐縮を重ねながら庭へおり立った三四郎が、空を見上げて、

「いい天気になったなあ、久しぶりに……」

つゆは一夜にしてはれて、窓から見上げるお小夜の目にも、空はまぶしいくらい明るかった。

(ほんとうに、急にこんないいお天気になって……不幸だったわたしの身の上に、なにかしあわせが訪れてくれる前兆ではないかしら?)

しあわせ? ……と思うと同時に、その視線が庭の三四郎へむけられる。

なぜだか、その人の肌にふれたものだと思えばふとんでさえがなつかしい。

(まあ、こんなに綿が出てしまっている。早くつくろってさしあげよう)

姉さんかぶりに、こづまをからげて、お小夜はいそいそとほうきをとる。なにもかも満ちたりたような幸福を覚える。

思わず、目がしらがあつくなって、

(おとうさま……)

口の中で呼んでしまう。

その父の位牌も床の間に安らかにおさまっているのだ。

（これではあまり幸福すぎるような気がする。大吉は凶に近いというから……）

ふしあわせになれたお小夜は、その時、ふと暗いほうへ考え沈んだのだが、その予感がある程度まで的中していたことが、あとになってはっきりわかるときが来た。

その黒猫は、米五郎の話をほんとうだとすれば、お兼という猫使いの愛猫であったのかもしれない。

お兼は芝の神明境内でひどく人気をあおっていた。いずれをいずれとも判じかねる姉妹の黒猫を高座へ並べて、それと奇怪きわまる会話をかわす芸当をやるのだった。

もとより、猫が人語を解したり、しゃべったりするわけはないので、これは腹話術と称する特異な発声法により、猫使い自身が自問自答して、観客にあたかも猫が人語を発して返事をするがごとき錯覚を起こさせるのであるが、そのお兼の芸当は入神の術であったという。

ところが、お兼が殺されてから、その黒猫をめぐって、さらに不可解な暗闘が続いているらしい。なにゆえに？

それはともかくとして、ここに不思議というのは、あらゆる人間に対して露骨に敵意を示すその黒猫が、いつとはなしに、お小夜にのみは、なついてきたことだった。

動物の直感は、驚くべく敏感なものであるから、なにか、お小夜になれ近づく原因があったのかも知れない。

「玉ちゃん……」

かりに呼んで見たその名が、案外ほんとうの名でもあったのか、猫は親しみを示して、それに応じた。

「おまえも、おなかがすいたでしょう？　今ごちそうしてあげますよ」

食事のあとかたづけをしながら、残飯をさらへとってやると、その猫は、どんなに空腹だったのだろう、のどをならしてかぶりつくのだった。

「おうおう、かわいそうに……たんとおあがり……」

頭をなでてやっても、ちょっと耳を伏せただけで、もう逃げようとはしない。食事の時に、あなたはだれにでも好かれるかただ……そう言った三四郎のことばを思い出して、

（どういう意味でおっしゃったのかしら？）

なんだか、しらずしらず胸がおどってくるような気がするのだ。

（いけないいけない、わたしはあまり幸福なことばかり考えすぎている……第一に、いつまでここにごやっかいになっていられるだろうか。早く身の振り方を考えなくては……）

そのお小夜の物思いを打ちこわすように、なでてやっている手の下をくぐって、猫が突然走って逃げだした。

「あ！　玉ちゃん……」

はっとわれにかえったお小夜の耳へ、

「ごめんなさい。神奈様、ごめんなさい……」

呼んでいる声がする。お小夜はあわててこづまをおろし、たすきをはずして出ていった。

「おいであそばしませ」

つつましく手をつかえたお小夜へ、

「や！　これはこれは……」

相手はひどく驚いたらしい。五十年配の大店の主人らしい男である。

「奥様、でいらっしゃいますな……」

「あの、いえ……」

お小夜はどもって、首筋から背中の奥までまっかになった。相手は万事のみこんだというように、

「いや、失礼いたしました。はじめてお目にかかります。だんなさまからお聞きおよびかどうか存じませぬが、てまえは回船問屋を営みまする筑紫屋卯蔵と申しまする者で……」

「はい。あの……ちょっと、お待ちを」

逃げるように庭へおりてきたお小夜の顔のあかさへ、

「おう！　どうなされたのだ？」

三四郎はびっくりしたようにふり向いた。

「いやはや、とんだ早がてんをいたしまして……」

卯蔵は、勝手もとで茶を入れているお小夜のほうへ、申しわけなさそうな苦笑を向けながら、

「あなたさまにお妹さまはないはずと心得ていたばかりに、てっきり奥様が、と……い

やどうも……しかし、てれかくしでもおせじでもなしに、お美しいかたでいらっしゃいますな」

お小夜はいれた茶を、目八分にささげてはいってきた。育ちは争われぬもの……優しい中にきりっとしたしまりのある立ち居ふるまいへ、しばらく、卯蔵も三四郎も口をつぐんで見入っていた。

「粗茶でござりまする」

「どうか、おかまいなく……」

恐縮している卯蔵からお小夜の顔へ目を移した三四郎が、笑いを含んで、

「卯蔵殿が、おせじでなしに、あなたが美しいと申される」

「まあ！」

いたたまれぬように顔をおおったが、三四郎の口からかりにも美しいということばの洩れたことが、お小夜にとってうれしくないはずはない。

「ところで、おじゃまに参じました用と申すは、ほかではございませんが……」

卯蔵はまじめな顔にかえって三四郎のほうへひざをねじ向けた。

「せんだって、お約束申し上げました柳沢様への御仕官のことでござりますが……それ

が、実は……」

「うまくいきませぬか？」

「御承知のとおり、柳沢様は、当時飛ぶ鳥もおとす勢いの将軍様の御側御用人……お大名がたがそれもただご面会なさるだけでもなかなかひとどおりのことではかなわぬと申しますくらい……まして、ご仕官となりますと、これはとても容易なことではないのでございます。ところが、わたしは柳沢様へふだんからお近しくお出入り申し上げておりますうえに、今度はご柳営のお城普請のことで、うまいつてが見つかりそうになったのでございます」

「うむ……」

「今度の江戸城のご普請は、欲得はなれて、わたしの手にぜひやらせていただきたい望みがありましたところへ、ご承知かどうか……銅座の赤吉という男、あいつが同じことを望んで、せせり出てまいりまして、いわば競争ということになったのでございます。ところで、柳沢様は……近ごろ、ひどく古銭にこっておられまして、それを聞き伝えて、諸大名衆から古今の奇銭珍貨がどしどし御進物にいたされおりますとか……それも、もっぱら日本の古銭――たとえば皇朝十二銭ほか数種のものに限られているとか申しますが……といった次第で、柳沢様のお好みで、わたしと赤吉とのご普請頂戴の争いも、銭にちなんで闘花蝶の勝負によって決めようと仰せいだされたのでございます」

「闘花蝶と申すと？」

「古銭の愛玩家によって行われます。一口に申さば、銭の品位によって優劣を争う一種の勝負とでも申しましょうか。それで、今度の闘花蝶はやはり柳沢様のお好みで、皇朝十二銭によって勝負を行い、それに勝った者にご普請を申しつけられることに決められたのでございます。と申すのも、赤吉もわたしも、ともに和銭を相当に収集していることをご存じで、その中の珍品をていよく取り上げようとなさる、柳沢様のお人の悪い思いつきなのでございましょう。なにしろ、この勝負は、わたくしどもにとっては命がけでございますからな」

　卯蔵は茶わんへ手をのべて、一口ふくみながら、

「つゆがあがっただけに、あがるといっぺんに夏でございますな。おう、どこかで蟬が鳴いてるではございませんか……」

　と、ちょっと耳をかたむけながら庭先の燃え上がるような緑へ目をやっていたが、

「で……とにかく、江戸城のご普請をかけた闘花蝶が、あすの宵、五ツの刻から、柳沢

様のお屋敷内で執り行われることにきまってしまったのでございます。いや、わたしとて、その勝負には大いに自信があるのでございまして……と申すのは、課題となっております皇朝十二銭の収集にかけては、自慢ではございませんが相当に苦心もいたし、珍品も数多く入手しているつもりなんでございます。そんなわけで、その勝負を喜んでお引き受け申すとともに、もしその勝負に勝ちましたら、ご普請ご下命のほかに、あなたさまをご家中へお加えくださるよう、堅くお約束願ったのでございますよ」

「御厚意まことにかたじけない。みどもがこうして江戸へ浪々の身を巣くっているのも、ひとえに柳沢様へ仕えたき望みをもってのことで……それがかなえば、まことにお礼の申しようもござらぬ」

「おっとっと……そう先におっしゃられてしまっては、てまえなんとも申し上げようがなくなります。実を申すと……勝負をあすにひかえたきょうになりまして、まことに困ったことができてしまいまして……と申すのは、その闘花蝶を戦わします代表の人間……この人選がなかなかにめんどうなのでございまして……第一に若い女性でなければならず、もちろん銭の品位を高めるために、どうしても姿のよい美しいかたでなければならず、そのうえ、厳粛な座の空気にぴったりはまる、しとやかな立ち居ふるまいの、頭のよい人でなければならず……と、いやはや、むずかしい条件がいろいろございまして、やっと、さるご家中のお嬢様をおたのみしておきましたところ、そのおかたさまが、またあいにくなことには、昨夜から急病にかかって、とてもあすまでには起きられそうにもないことになってしまったのでございますよ」

卯蔵は軽く吐息をついて、

「なにしろ、条件がむずかしいので、急においそれとうまい人も見つからず……実は、それで、どこかお心あたりのおかたでもございませぬかと、ご相談にあがったのでございますが……」

「さようさなあ……」

と、三四郎は腕をくんで、

「これが、腕のたつ荒武者をさがせとでもいうなら、方法もござるが……婦人になると、どうもみどもには知り合いが少ないで……」

「いや、神奈様……」

卯蔵はちょっと意味ありげに微笑しながら、お小夜のほうへ目をやった。

「わたしも、お宅さまのお敷居をまたぐまでは、全く途方にくれておったのでございますが……いかがでござりましょう? 奥さまに……ではございません、お嬢さまに、一つ、その役をかって出てはいただけますまいか?」

「ほう! お小夜殿に?」

三四郎は眉をあげて、背後のお小夜へふりむいた。

「はい。お嬢さまならば、もう全く申し分ないのでございますが……」

三四郎も卯蔵もしばらく口をつぐんで、お小夜のうなだれた髪の黒さへ目を注いでいた。

「いかがでございましょうな? 奥さま……いや、これは失礼を……お嬢さま。何とかお引き受けいただけますまいか?」

「でも、わたくしのような者に、そのような大役が……」

「いやいや、あなたさまなれば、もう、申し分ないのでござりますよ。失礼ではございますが、お姿なりおきりょうなりは申し上げるまでもないことですし……先ほどからそっと拝見しておりますのに、立ち居ふるまいの品よいおみごとさ……げすなことばで申さば、卯蔵め、すっかりほれこんでしまったのでございます。ぜひともひとつ、お承知くださいませ」

「………」

「ねえ、神奈様、あなたさまからもおすすめ申してくださいませぬか……」

お小夜は困じはてたように黙っていたが、やがて、

「そのような大役、わたくしはほんとうに困るのでございますが……神奈様、どうお返事申したらよろしいでございましょうか」

「さようさな。みどもだけのかってな考えで申さば、宿望の柳沢侯への仕官の手づるから離れるか離れぬかの場であるから……とは思うが、しかし……」

「それでは……」

と、お小夜は三四郎のあとのことばをおさえるようにきっぱりと言った。

「わたくし……身にあまる大役とは存じますが、お引き受け申させていただきます」

「じゃあ、お引き受けくださいますか？」

手をうって喜んだのは、卯蔵である。

「ありがたい、ありがたい。これでもう今度の闘花蝶には勝ったと同じことでございます。そうときまったら、なにしろ明夜のことで急ぎますから、これからすぐ、わたしど

もまでお越し願いたいと存じますが……」

「まあ！　そんなに急にでございますか？」

お小夜はにわかに、ものたらない心細さを感じてきた。

「おぐしのお道具から、お着物のことまで用意しなければなりませんし、闘花蝶のひとおりものみこんでいただきたい、と思いますので……」

早くも腰をあげようとする卯蔵へ、三四郎は笑って、

「ひどくお急ぎだが……そちらのご用がおすみならば、ちょっとついでに見ていただきたいものがあるのです」

「やあ！　どうも失礼をいたしました。かってなもんで……自分の用がすむと、さっさと帰りたがります。ははは……で、見せたい、とおっしゃいますのは？」

「これだが……」

三四郎が指につまんで、卯蔵の前へおいたのは、例の死がいの目をおおっていた、呪（じゅ）銭（せん）なのである。

「銭のことにくわしいお身なら、この銭についても、なにかお話し願えるだろうと思ってな？」

卯蔵はなにげなく手にとって、一、二度表裏をかえしてみた。表には、

[illegible]鬼急急如律令

と鋳出(いだ)し、裏には、

慶安二己丑　左

と刻んである。

「神奈様、これをいったいどこで、手にお入れになったのです?」

卯蔵は額を曇らせて、ささやくように声を低くした。

「いや、どこで手にお入れになったか、そんなことはどうでもよいのでございます。とにかく、神奈様。こんなものは早くお捨てになってしまうことでございますな」

卯蔵は声を低めて、ひどくまじめだった。

「なぜ、捨てねばならんのか、卯蔵殿?」

「お身のうえをお案じ申すからでございます。この銭を、われわれ古銭家の仲間では、特に浮田の律令銭(りつりょうせん)と呼んでおりますが……」

卯蔵はからだを乗り出すようにしながら、

「普通の通貨に対して、こういう通貨以外の銭を一口に絵銭(えせん)と申すのですが、いわゆる

唐土の厭勝銭……悪魔悪霊をはらって福を招こうとするおまじないの意味で鋳る銭なのでございますな、急急如律令とあるは、呪咀調法の秘術に説く悪鬼退散の律文でございまして、その上にかぶせた三文字は、生霊死霊、悪魔悪鬼をかたどる象徴文字だと聞いております。裏に慶安二己丑とあるのは、この銭を鋳た年で、また左という文字は、この銭を鋳た浮田左近次の左の字であると伝えられているのでございます。前に申したとおり、厭勝銭と申すのは、悪魔退散を祈るために鋳るものなのでございますが、なぜか、この浮田の律令銭にかぎって、呪殺銭とか魔銭とか呼びならわして、物好きな収集家でも決して手を触れないことになっているのでございます。悪魔を退散させるどころか、これを持っていると、反対に悪魔が忍びよってくるなどと……いや、決して冗談でなしに、まじめに信じられているのでございますよ。神奈様……」

卯蔵はちょっとことばを切って、三四郎の顔をじっと見つめながら、

「悪いことは申しませぬ。人のいやがるこんなものは、お捨てになるにこしたことはございません」

「よくわかり申した。とにかく、じゅうぶん気をつけることにいたしましょう。だが、卯蔵殿。なんでも、この律令銭とやらのことを詳しく書いた書物が、柳沢侯のところに

ご秘蔵いたされてあるそうではござらぬか？」

三四郎は、その書物のことを仙海から聞いたと見える。

「よくご存じでいらっしゃいますな？」

と、卯蔵はびっくりした面持ちで、

「それは、『精撰皇朝銭譜』のことでございましょう？　あれは浮田左近次が自分の収集銭について著述したもので、この世に一冊しかない珍本なのでございますが、いつのころよりか柳沢様のお手に入ってからというもの、なんぴとにも決して閲覧をお許しならないのでございますよ。それだけに、あれを拝見いたしたがっている者が幾人となくおりまして……わたしなどもそのひとりなのですが、いまだにお許し願えませぬ。あれさえ読めば、浮田の律令銭のことも、柳沢様がなぜ急に古銭の収集に熱中なさり始めたかという訳も、そのほか、もっと奇々怪々な秘密が詳しくわかるであろうと、わたしども、ひそかにうわさいたしているのでございます」

「その浮田左近次という男は？」

「なぞの人物でございますな。素姓も経歴も、なにもかもわかっておりません。なんでも髑髏銭という非常な珍宝を中心とするおびただしい古銭の収集を持っていたことと、明暦三年の振りそで火事に一家ひとり残らず焼死したということと、そのころ、なにかすさまじい大きな仕事を計画しかけていたらしいということ……それだけが、おぼろげに人の口に伝えられているだけなのでございますよ。いや、話に身がはいって、思わぬながっちりをいたしました」

卯蔵にうながされて、お小夜はしたくもそこそこに、

「神奈様。行って参りまする」

と三四郎の前へ手をつかえたが、なにがなし、うしろ髪をひかれる思いだった。ついに、再び、この家へ帰り来ることがなかったおのれの運命を、その時、うすうす予感してでもいたのだろうか。

格子戸をあけて表塀で立ったお小夜は、ちょっとの間、そこに立ちどまっていた。路地のかなたに、小さく身を伏せて、こっちをうかがっている黒い猫の姿を目ざとく見てとったのだ。

「ああ玉ちゃん……」

（わたしにおわかれにきてくれたのだね？）

こみ上げてくるようないとしさに、手招きして呼んでみたが、猫はほかの人の顔色をうかがって鋭い目を光らせたまま、そこから動こうともしなかった。ただ、じいっと、お小夜の姿を凝視しているばかりなのである。

そして、残り惜しそうに手をふりながらお小夜が路地のむこうへ見えなくなると、いんうつにのっそりからだを起こして、頭をたれながら、どこともなく立ち去ってしまった。

お小夜の去った部屋の中には、その人の髪油のにおいが、甘くほんのりと漂っていた。

三四郎はそのにおいを、かぐともなしに呼吸して、ややぼうぜんと立っていた。なにか、明るいさわやかなものが、家の中からこつぜんと消えうせてしまった感じがする。

と、そこへ、

「神奈さん……」

ひどくまじめな顔をした仙海が、例の唐桟の着流しにふところ手という姿で、のっそりとはいってきた。

そのまま、しばらく、三四郎と肩を並べて黙々と立っていたが、急にふっと吐息をつ

くように、

「おまえさんも、思ったより、水くせえお人だなあ……」

「水くさい？」

三四郎は眉をしかめて、仙海の横顔に見入る。

「そうさ。立ち聞きは失礼とは思ったが、とにかく聞いてしまった。柳沢へ、たって仕官を望んでいなさるってじゃあねえか？」

「それをかくしていたことを、水くさいといわれるのか？　別に、他意はない。ただ、柳沢侯へは、ぜひともお仕え申したい望みなのだ」

「なぜだろう？　学問なら武芸なら、何藩何侯へでも望み次第に仕官のかなうだろうと思われるあんたが、特に柳沢を選んだ訳は？」

「実を言うと、お身にそれを尋ねられるのがうっとうしかったのだ」

「と聞くと、人情だね。ますます聞きたくなってくる。なぜだろう？」

急に不機嫌になった三四郎は、眉をよせたまま石のように黙してしまった。仙海はその横顔を見つめながら、片ほおへなぞのような笑いをうっすらとたたえていたが、やがてふっとひとりごとのように、

「当将軍の綱吉って男は、よほどの物好きとみえて、ちょいちょいお気に入りの柳沢の屋敷へ遊びにくるんだってねえ。神奈さん。おまえさんは、実はその……将軍家に、なにやら人に言えねえ用があんなさるんだろう?」

がくっ！

異常な意志の力で、この驚愕から一瞬ぐっとこらえたかに見えた三四郎も、意味なく窓外へくぎづけにしたひとみの光の動揺を、ついにおおいかくすべきすべもなかったのである。仙海の鋭い視線が、その真額を冷たく射るようににらんでいたが、突然、

「わっはっは……ナンマイダア……」

と口をあけひろげた哄笑になって、

「ずぼし、だとお言いなせえ」

静かにおだやかに言えば言うほど、この男の声は異様な威圧をもってくる。

「今、あんたは無意識にあっしを斬ろうとなすった。あの一瞬のすさまじい殺気には、この仙海ですら、ぎょっとしたくらいだ。だが、あんたは、あっしを斬らなかった。なぜだろう?　ねえ、神奈さん。あっしにゃあ、あんたの気持ちがわかるような気がする……」

仙海はしんみりと声を低くして、

「あっしは、あんたが好きなんだ。ほれるくらい好きなんだ。妙なもんさ……」

そう言いながら、窓外の燃えるような緑へ吸われたように目をやったが、

「今、あんたを水くさいと言ったが、かえってあっしの方が水くさかったかもしれねえ。あっしは、まだほんとうの名まえさえ打ち明けてはいなかったねえ、神奈さん……」

仙海は窓の外へ目をそそいだまま、おのれの左手の手のひらへ右手の指で、なにげなく一画一画文字をかく。

(念仏の、仙十郎……)

三四郎は、それを読んだが、わずかに眉を動かしただけだった。

「あっしは大どろぼうさ。いや、世間でそう言ってるんだ。あっしは、ただ何者にも掣肘(せいちゅう)されず、思うことを思うとおりにやっているだけなんだ。ただ、ばかげて見える者の言いなりにならねえだけなんだ。だが、いまさらなにを言おうとしてるんだろうか? 神奈さん、あっしは、どうやら、あんたの前だけは、猫をかぶっていたくなくなったらしい」

それから、じっと三四郎の顔を見返って、

「ここで、あんたにあやまらなきゃならねえことがある。おれの前にはどんな秘密も秘密のままではありえないという自負が、とうとうあんたの秘密まであばいてしまったんだ。あやまる。神奈さん……あんたは徳川の血をひくお人だろう？」

三四郎は長いこと黙っていた。まるで、仙海のことばを耳にしていなかったように、平然と、水のように澄んだ表情であらぬほうをながめていたが、急にふり向くと、はげしく、

「そうだ」

と、まるでおこったような顔で、

「このうえお身に隠しだてしたとてなんになろう？　お察しのとおり、みどもは徳川の血縁の者だ」

それから深く息を引いて、おだやかな口調にかえってきた。

「今こそ語るが、寛永九年、高崎の地に非業の死をとげた駿河大納言忠長卿(するがだいなごんただながきょう)こそ、みどもの祖父にあたる人だ。思えば、将軍などという者ほど、世にもおぞましいものはないのう。三代将軍家光公、凡才天下を治むるのうつわにあらず、人心がかえって実弟忠

長卿に傾く気配があったため、天下の治をはかると称し、罪なき罪名を捏造して目をおおうごとき殺しかたをいたした。その時、忠長卿のたねを宿して里がたにあったこしもと某（なにがし）が、不幸のただなかに分娩（ぶんべん）いたしたのがみどもの母にあたる人で、みどもは貧しい中にもただ正しく正しくと育てられてはまいったが、この身内を流れる血が祖父の悲痛な叫びをつたえて波打つのを、いかんともすることはできなかった。それは、読書でも武芸でもおさえることの出来ない本能だ。あえて当将軍綱吉公のみとは言わぬ。家光公の血を伝える人々に、兄が肉親の弟を殺戮（さつりく）するに及んだ理由を詰問し、場合によっては、当然流すべき血を流すのみだ……」

静かに口をとじて瞑目（めいもく）した三四郎の肩へ、仙海はいたわるように手をかけた。

「あんたも、御苦労なさるお人だねえ……」

日本橋（にほんばし）西河岸に、六間間口、筑紫屋（つくしや）と染め出したのれんをかけて、店先にうろうろしている店員だけでも七、八人。回船問屋で筑紫屋卯蔵といえば、ここ四、五年のでき星ながら、少しは江戸で聞こえた男であった。

筑紫屋の主（あるじ）としてよりも、近ごろでは、古銭の収集家としてのほうが、あるいは名高いのかもしれない。というのは、六万二千石を領し、当時飛ぶ鳥もおとす勢いの御側御用人、柳沢出羽守を向こうにまわし、万両分限としてその名も高い銅座の赤吉とせり合ってみつどもえに、一歩もひかず、皇朝銭（日本の古銭）の収集を争って、その市価を暴騰せしめていたからである。

　さて、その筑紫屋の奥座敷へ引きとられたお小夜は、やれ小袖だ、それ帯だ、髪道具だと、いちじにあしたの用意の相談をもちかけられて目もまわるような騒ぎであったが、やがてそれもひとかたづきすると、

「どうも気のつかないやつばかりで、いっこうにおもてなしもできませんが、どうか、ゆっくりとくつろいでくださいまし」

　卯蔵はそう言って、みずから茶をたててお小夜にすすめたりした。予備知識として、銭について常識的のことをふた言三言話しただけで、

「なあに、闘花蝶といったって、命のやりとりするわけではなし、気を楽にもっていてくださいましよ。あなたさまだけの落ち着きがおありなら、もう申し分がございません。あとは運を天にまかせるばかりです」

　と、勝算あるもののように笑っていた。

翌日になると、注文してあった品々があとからあとからとできてくる。親切な老婆が、孫でもいたわるようにお小夜のめんどうをみてくれた。

湯から上がって化粧をすませる。髪は御殿ふうに結い上げた。それから、お小夜の見たこともないような、目もさめるばかりけんらんな衣類を身にまとう。

「まあ！　ごりっぱな……」

老婆の嘆声も、まんざらおせじばかりでもないようだった。

「ねえ、だんなさま。お大名のお姫さまと申し上げてもよろしいようなお美しさではございませぬか……」

「ほんとうにおみごとです、お小夜様。それにしても……」

と、卯蔵は感じ入ったように見とれて、

「よくもまあ、お似んなったものですねえ。そっくりだ」

「そっくり、と申されますと、どなたさまに？」

「そうしたあなたさまのお姿が、さる高貴のお姫さまに生き写しなんでございますよ」

「まあ！　それは、どちら様のお姫さまに？」

「いや、申し上げずとも、そのうち自然とおわかりになりましょう」

卯蔵は意味ありげに笑って答えなかった。

家人が店先までいっせいに送って出る。

日の長い盛りだが、家々の軒下にはようやく夕もやが漂いはじめていた。

駕籠（かご）へ乗ろうとするお小夜の美しさに、周りを取りまいていた近所の女たちの口から、思わずうらやましげな嗟嘆（さたん）の声がもれて来る。

「まあ、奇麗な女（ひと）……」

「お姫さまのよう……」

「ほんとうに……檜様（ひのき）そっくりじゃありませぬか？　よく似ていること……」

「そうだわ。檜様に生き写し……」

（檜様？）

お小夜は、ふと小耳にはさんだそのことばを駕籠へ乗りこんでからもいろいろと考えていた。

（わたしに似ているって、どこのお姫さまなのであろう？　卯蔵殿も申された。そんなに似ているかたがおありなのかしら？）

あとの駕籠へつづいて乗りこもうとした卯蔵は、しかし、かがんだままの姿勢で、しばらくじっとしていた。眉をよせて、苦汁（くじゅう）をのんだような顔をしている。

かれの視線は、今、人がきのすそをくぐって、のっそりと軒下の薄闇へ消えていこうとしている猫の姿へいまいましげに注がれているのだった。耳の先から尾の先まで、墨を塗りつぶしたように黒い。さだめし、お小夜のあとをしたってきたのであろう。あの、玉と呼ぶ猫であった。

（おお、縁起の悪い！　勝負の出先に黒猫を見るなんて……）

猫はその気配を感じたように、半ば軒下の闇の中にかくれたからだをきっとふり向けて、金色にらんらんと光る両眼で、卯蔵の全身をじろっと見上げたが、やがて、また向き直って、すたすたとむこうへ消えていった。

（ああ、なにか悪いつじうらなんじゃあないだろうか？）

凶が出るか吉が出るか、もう乗りかかった舟である。卯蔵はなにかうそ寒いように、ぶるっと身ぶるいして駕籠へはいった。

「さあ、景気よくやってくれ……」

さて、ここで、闘花蝶についてさらに少しく説明をしておくならば——

闘花蝶は普通闘化蝶と書き、銭の品位によって争う勝負であることは卯蔵の話にもあったとおり。

元和（げんな）のころには御所に化蝶定めと称して古銭に位階を付することが行われたというが、はじめて闘化蝶の形式が確立されたのは、元禄のころになってからである。元来が上流社会に発達した勝負であるから、いきおい貴族趣味に流れ、その法式のやかましいことは相当なもので、たとえば、勝負銭を包む紙にしても、惣金銀（そうきんぎん）ならびに砂子泥絵色（すなごどろえいろ）鳥の子（とりのこ）、砂子鳥の子（すなことりのこ）等、その銭の品位に応じて定められ、机にしても金梨子地（きんなしじ）、唐木（からき）、黒塗り、くり色、白木等その上へのせるべき銭の品位によってそれぞれ規定せられ、そのほか、古銭を入れる袋布地、箱の寸法に至るまで細かく規格されているのである。

また、この勝負を争う形式に、真、行、草の三種の別があったが、こよい柳沢邸に行われる闘花蝶は、そのいずれにもあてはまらぬ特殊な約束のもとに争われることになっていた。

勝負銭は皇朝十二銭にかぎられ、各自十二種の銭を各一枚ずつ用意し、随意にその一枚を打ちあって、十二回の勝負を行い、そのうち七勝を得た者を最後的勝者とするのであるが、もし六対六の相勝負のときには、さらに一勝負を行って勝者を決めることになっていた。

また、一回の勝負は、銭の品位高きほうを勝ちとし、品位等しきときは鋳造せられたる年代古きほうが勝ちとなるのである。

この皇朝十二銭とは、第四十三代元明天皇の和銅年間に行われたという日本最古の銭として著名な和同開珎にはじまり、万年通宝、神功開宝、隆平永宝、富寿神宝、承和昌宝、長年大宝、饒益神宝、貞観永宝、寛平大宝、延喜通宝と、六十二代村上天皇のみよに鋳造された乾元大宝まで都合十二の銅銭をさすのであって、日本で鋳られたおもな古銅銭のすべてを含んでいるのだ。

檜様

「やあ、また丁か！」

中盆の呼び声に、一座の人たちはいっせいに嘆声をもらす。

「この調子じゃあ、また丁目が押すかもしれねえ」

「といったって、さっきの広言のてまえ、いまさら丁目へ寝返りもうてめえ」

「あたぼうよ。こうなったら、この首を質においたって半目いってんばりで押すんでえ」

そう強気に言った男の顔は、あお白く血のけがうせて、指先がわなわな震えていた。

中盆がこま札をかき集めて、勝った人へ払い渡しをすますと、つぼ振りはことさら慎重にさいをつぼへ納め、丁寧につぼをふってさっと伏せた。

「さあ、勝負！」

だが、この盆はさっきから丁目に傾いて、それがもう五回もつづいているのだ。しかも、この調子では、まだまだ二度三度、丁目が押しそうである。いきおい張り手はいっせいに丁目側へ集まってきた。

「さあ、半はねえのか、半は？」

中盆が声をからして呼びたてる。

ここは細川越中守の中間部屋であった。

いつのころからか始まった手なぐさみが、町方役人の手がはいる心配のないところから、しだいに本格的な金銀賭場に変わってきて、いいだんな衆が多く出入りするようになったのである。

こよいはこの賭場の世話やきが遠い旅に出るというので、せんべつ金を集める主旨をふくんで、盆は火をはくように熱していた。

「さあ、ねえのか、半は？」

中盆が叫びながら、ぐるっと一座を見回したとき、

「わらわが半目を買いましょう」

勝負に夢中になっている人たちの背後から、澄んだ女の声が聞こえてきた。ふりむい

たひとりふたりが、

「やあ、檜様！」

びっくりしたように座をあける。

おなんど色のお高祖(こそ)ずきんで顔を包んで、つとめて地味につくろっているが、その小袖、帯の好みにも、ご大身(たいしん)の若奥さまがたかお姫さまと、だれにもわかるなりのつくりであった。

そばに、紫矢がすりの小袖に縦矢の字の帯をしめたこしもとらしいのがふたりまでつきそっていて、その中のひとりはこがね造りの小太刀のこじりをふくさで包んでささげている。

お高祖ずきんの女は、ゆったりとそらせた上半身へ、朱塗り骨の扇で静かに風をおくりながら、

「片荷勝ちで勝負にならぬならば、半目のほうをわらわが買いましょうぞ、いかほどあらばちょうどになるか……浜や」

「は……」

と、こしもとのひとりがにじりよる。

「そちが、よいようにの……」

浜と呼ばれたこしもとは、こういうお供ははじめてではなかったとみえて、すぐあいた席へにじり出て、こま札をかぞえて差し出した。

「やあ、檜様が半目へおいでになられちゃあ、もう丁目もあがったりだ」

今まで景気づいていたひとりが、がっかりしたように言うのへ、

「ありがてえ、ありがてえ。たいしたお味方がご入来だぞ。さあ、こんちくしょう！丁目のやろう、総なめだ！」

力みだしたのは、今まで丁目にくわれとおして顔色もなく指先をふるわせていた男であった。

檜様とよばれる、高貴のお姫さまともうかがわれるその女性が、この細川の賭場へ紫ずきんの艶な姿を見せるのも、これで五、六回に及んでいようか。

いつも音をたてずにそっとはいってきて、人がきのうしろへきちんと座をしめ、興奮にうわずっている盆の上を、静かに見やっているかとおもうと、またいつの間にかさっと立っていってしまう。盆にはよほど興味があるとみえて、ここばかりでなしに、町の小さな賭場へなども、ときおり姿を現すことがあるといううわさだ。

　ただ静かに見ているだけで、めったに自分から遊ぶということはないが、まれに盆ござ近く進み出たとなると、その闘争精神のおうせいなること、盆度胸のあること、また盆の底の見えること、さすがのくろうと手合いまでがたじたじとなるほどだとさえいう。もちろん、うわさには輪のかかることが多いとして割り引きしても、この女性の女ばなれのした異常な性格の一部がうかがわれるのだ。

　お高祖ずきんのかげから、今その美しい双眸が静止した盆の一点をじっと凝視している。

「勝負ッ！」

　熱を帯びてきた盆の空気に、みずから緊張したつぼ振りが、声といっしょにさっと手をあげた。

「ひやっ！」

　のどもさけそうな異様な悲鳴をあげたのは、檜様といっしょに最後のものを全部そっくり半目へはっていたその男であった。

「ああ、また丁だ！」

　丁目へはっていた人まで、そこへ起きた目を意外と思うように嘆声をあげたほどである。

負けた男は白蝋のように変じた顔をうつむけたまま、かきむしるように両手のつめを畳へつき立てて、そばの者にもはっきりわかるほどがたがた全身を震わせている。

檜は――

まばたき一つしなかった。ずきんに隠れているせいもあるが、その表情はちらりとも動いた様子はない。

次の勝負が始まると、もう半目の人気は全く失われていた。浜と呼ばれたこしもとは、ふりむいて、主人のずきんの陰をちらりとうかがったが、そのまま、黙々とこま札を数えて前へおく。当然のように半のそばへ。

(丁だ、丁だ、まだ丁が出るぞ……)

客人ばかりでなく、くろうとの中盆までがそう信じていた。

そのくせ、その予想が的中して七回めの丁がぞろっと並んだときには、一座は異様なせんりつにとりつかれて、一瞬水をうったような沈黙に沈んでしまった。

だれもかも、黙々として一声すら発しないし、それでいて、眼の色をかえ、中にはガチガチ歯の鳴る音まで聞かせて、勝った場銭をかき集めるのだった。そういうただならぬ空気の中にあって、お高祖ずきんの女性は、なにか楽しいことでも見るように、ずきんのかげでにっと微笑したらしい。

次の勝負が始まっても、皆石のように堅く口をむすんでいた。腹では、

（もちろん、丁だ！）

この夜の賽の運勢では、だれが見ても間違いなく、もう一押し二押し丁へいくだろう。

「檜様……」

こがね造りの小太刀をささげて背後に控えていたもうひとりのこしもとが、低い声でそっとささやいた。

「かれこれ、五ツ（八時）に近いかと心得まする」

「…………」

檜は、端然と上半身を起こしたまま、その目はしっとりと伏さったたつぼの上へ注がれていた。

「五ツと申さば、闘花蝶の勝負のはじまる時刻……ごぜんさまにも、おもどりをさぞかしお心待ちのことと存じまするが……」

檜は朱塗り骨の扇をあげて、盆の片側を静かにさし示した。

「浜、その倍額を、半のかたわらへ置くがよい」

涼しげに澄んだ声音である。

そのこま札のかさを見て、丁側へはった連中は、いまさらのようにぎょっとして目を見合わせた。その額があまりに多きにすぎたからである。だれもかも、盆の上へのめるように身をのり出して、息をつめていた。

「勝負ッ！」

呼吸をはかってさっと起こしたつぼの下に、

「あっ！　出た！」

「半だ！」

「半だ、半だ！」

まるで奇跡(きせき)を見たように、わっとどよめいた一座の中から、そのお高祖ずきんのなまめかしい女性は、同時にすそを払ってすらりと立ち上がった。

「中座しますぞえ」

あ！　と目を見はっている人たちの間を、檜はもう歩きだす。

「あ、もし、檜様。お勝ちになりましたこの金を？」

「負けこんだかたがたへ、よいように……」

「お帰りだ、お帰りだ、檜様の……」

あわてでどやどや見送りに立ってきた世話人たちの足もまにあわないほど。

「へ、おはき物を」

そろえて出す白緒のぞうりを軽くふんで、ついと外へ出る。

「おう、よい月じゃ」

こころもち胸をそらせて空を仰いだその姿は、とても高貴の姫君とはうけとれぬいきがかりだが、それかといってげすに堕さぬは、もって生まれた気品のおかげでもあるのだろうか。

「月もよし、風もよし……」

と、そよ風に声をなぶらせて、供のこしもとの方をふりむきながら、するりとずきんをとったその顔は、意外というか、不思議というか、あのお小夜と生き写し。

透きとおるような色の白さへ、まつげの濃い切れ長な双眸、朱をはいたようなくちびるをきっと結んだうりざね顔まで、よくぞお小夜に似たものである。

だが、美しさに甲乙はないとしても、お小夜のあくまでういういしく可憐なるに比し、これはまた男まさりの負けぬ気性が、どことなく女らしからぬ鋭い影を作っている。さもあらばあれ、惜しげもないほほえみに、月あかりをあびてすらりと立ったその姿は、そのまま絵にも歌にもなりそうである。

「夏のよさは、宵の涼しさにつきるのう」

そうひとりごとのように言いながら、音もなくぞうりをふんで歩きだしたすそさばきに、むしろ男に近いさっそうさがあった。

空の高所には風があるのだろう、月の表面を雲が流れるように過ぎていく。神田橋内の柳沢邸までは、ほんの目と鼻の距離であった。夜ともなれば、このくるわ内にはほとんど人通りが絶えてしまう。

「檜様……」

と、あたりの静けさに、声もおのずからささやくように低く、浜というこしもとが尋ねかけた。

「なに？　浜……」

「人の話に、ちらりと伺いましてござりまするが、檜様には……ちかぢか、おめでたがおありあそばしますとか……」

「ほう！　わらわにおめでたとは？」

「下世話におうわさ申しております。なにか、将軍様のおそば近く、おあがりあそばされますとやら……まこと、さようでいらせられまするか？」

「なんの！　そのことかや?!」

檜の声はかんではき出すようである。

「わらわの望みは、たとえ将軍家であろうと変わりはないのじゃ。広く伝えてあるように、腕一本をもってこの檜をひしぎえた者にこそ、わらわは夫として仕えるのじゃ。それ以外、この檜は、こがねにも権力にも、断じて屈服はせぬのじゃ。そのことは、父上さまにもくれぐれも申し上げてある。たとえ将軍家がこがね白玉の乗り物をつって迎えにまいろうとも……ほほほ……それゆえ、わらわは将軍家へじきじきご返答申し上げたぞえ、ありがたき儀ながら、このうえは経書のご講義、能楽のご賞美、はては生類あわれみの令とやら人より犬をだいじがるご沙汰に専心あそばされますよりは、槍の一手もおはげみなされませ、とな……」

「まあ！　そのような？」

浜も少々あきれたという顔をして、

「それで、なんのおとがめもなかったのでござりまするか？」

「されば、のう。わらわの首がこうして満足であるからは、たいしたおとがめもなかったのであろう。ただ、おそばにあられた父上さまが、さっと顔の色をお変えあそばされたのを見たときは、まことに申しわけない気もいたしたぞえ」

そう言いながら、檜は、その時の将軍家の苦笑した顔を思い出しでもしたように、毒けのない明るい声で、ほほほ……と笑うのだった。

この柳沢出羽守のじゃじゃ馬娘が綱吉将軍にひじ鉄砲をくわしたということは、まだ世間のうわさにはたっていないようだが、さきごろ、自分に打ち勝った者とならなんぴととでもめおとになろうと檜の口から宣言が発せられた当時は、欲と色との二道かけて、われもわれもと試合をいどんできた者もあったが、だれもかもほうほうのていで逃げかえって、ついにはあれは鬼神の申し子だろうなどというわさがたって、このごろではもうそんな野心家の来訪はばったり絶えてしまっていた。

〽ツツ、ツンテンシャン……

好いて、ええ、好かれえ、えてえ……

結う、んだア。えにしイ……


鼻にからんだ間伸びた声でうたいながら、中間体(ちゅうげん)の男がやってくる。しりっぱしょりに手ぬぐいのほっかぶり、形だけはいっぱしのやぞうをきめこんで、ひどく酒をくらい酔ったとみえ、今にも堀へおっこちそうにひょろりひょろり。

〽よう、結う、んだあえにイ、いしイ……

そばをすりぬけていこうとしたその背へ、

「待ちやッ」

と、鋭く声をかけざま、檜はつつつ……と寄っていった。

「怪しいやつ！　待たぬかっ！」

「な、なんだと？　怪しいやつだと？」

中間は、ひょろっと立ちどまって、

「なにを、こいつ！　お、おれさまを怪しいやつだと？　やい。こう見えてもな、藤堂様のおうまや中間で……」

「申すな！　そちゃ、まことに酔うているのではあるまい？」

「あたりめえよ。あればかりの酒に酔ってたまるもんけえ……」

「ええ、しらじらしきやつ！　酔態をよそおって、なぜこのかいわいをうろつき歩くのじゃ！　次第によっては捨ておかぬぞえ……」

「捨ておくも捨ておかねえも、こんちくしょう！　おいらの銭でおいらが飲んだ酒でえ……」

きりっと眉をつり上げた檜は、やにわに右手の扇をふり上げて、その男の肩口を突きやった。

「あっ！　こんちくしょうッ！」

はずみをくって、よろよろっとよろけていった中間は、堀ばたにつま立ちして、あやうく泳ぐような恰好をしていたが、

「うわあ！　いけねえ……」

悲鳴といっしょに、さかとんぼに堀の中へ。

ザブン……水音をきいて、その縁まで駆けよってきた檜は、じっと水面に広がる金色の波紋をにらんでいたが、

「怪しいやつのう。惜しいことを……」

男のように軽く舌打ちして、それから左右のこしもとをうながしながら歩きだした。

「わらわの扇を、とっさに打たせるごとく故意に肩でうけたあの呼吸……なみなみならぬしれ者に違いないぞえ。ええ、かえすがえすも惜しいことを……」

さすが、剣をとっては一流をほこるだけあって、檜の眼力に狂いはなかったようである。檜主従の影が消え去ると、思いもよらぬあたりの石がきから、

「とんでもねえ女があったもんさ……」

と声といっしょにひらりと岸へおどり上がってきた人影——もちろん、あの中間なのだが、

「評判の、柳沢のじゃじゃ馬娘だな。なるほどお小夜さんに生き写しだ。それにしても、とたんにおれがけこんだ石を、人が落ちた水音と承知して引きさがるようじゃあ、御自慢の腕まえも、どうやら殿様芸に近いらしいて……」

かぶっていた手ぬぐいをとって、着物のすそをぱっぱっと払う。姿こそ変われ、坊主

頭の、あの仙海である。

〽結んだア、えにしイとくは、
　そなたのウ、りんきからア……

相変わらず鼻歌で、檜たちのあとを追うように柳沢邸の裏手までくると、ちょっとあたりをうかがったまま、突然、はうように大地へひそんだとおもうと、次の瞬間さっと宙へおどってその塀を越えていた。

あとへ残ったのは声ばかり。

「ナンマイダア、ナンマイダア……」

驚怖神功開宝

柳沢出羽守保明は、五代将軍綱吉がまだ館林にあったころからの直臣であって、そのころは主税房安と名のってわずか百六十石と別に廩米三百七十俵を領していたにすぎない。

それが、主君綱吉が幸運をひろって徳川宗家の五代をおそい将軍職につくや、かれにもまた幸運はおのずからめぐってきて、やがて松平の姓を賜わって松平美濃守吉保を名乗り、ついには二十二万八千余石を領する異数の出世をとげるにいたったのである。

その間、私邸へ将軍家の臨邸を仰ぐこと実に五十八回、前後まれなる君寵をほしいままにしたが、また実際、幕府の政権はすべてかれの手に帰し、老中大老のなんぴとといえども、かれの一諾なしになにごとをも行いえないありさまであった。

そも柳沢とはいかなる性格力量の人物であったか、それを語るのはしばらくおき、こよい、その神田橋内なる屋敷にあっては――

山林池水の美をきわめた庭園の一角には、昨元禄四年、はじめて将軍家の臨邸を仰いだ際、新築した御成屋(おなりや)――北殿、中屋、西東殿その他が一群をなしてうっそうたる樹木にかこまれており、そこから泉水をへだてて見えている母家のはずれに、ちょっとした離れ家ふうの建物があって、あかあかとともった灯の下を、さっきから人影がしきりに行ったり来たりするのがうかがわれた。銅座の赤吉と筑紫屋卯蔵とが、江戸城のご普請をかけて必死に戦うこよい見ものの闘花蝶が、その建物で行われることになっている。

庭伝いに檜が入っていったときに、もういつでも始められるばかりに勝負の用意はととのっていた。

「檜か?」

「は……」

「おそかったではないか?」

既に席にあった保明のちょっと不機嫌にとがった声へ、檜はただ笑っただけで返事もせず、親しみのある無遠慮さで父のかたわらへぴたっとすわった。

「また、夜遊びであろう? どこへまいっていた?」

「…………」

檜は正面を向いたまま父の顔さえかえり見もせず、ただ微笑をつづけているばかりである。

保明は、その横顔をにらむように見ていたが、そのうち、しかたがないというような苦笑に変わって口をつぐんでしまった。

ひどく若く見えたとおもうと、またばかに老成して見えたりする。まだ三十五、六の若さながら、幕府の重職にあって天下の政権を掌握しているこの男は、その端麗な顔をおおって怜悧そのもののような表情の底に、なんぴとにも探りえない深いかげを作っている。しかし、檜とならぶと、親子というよりもむしろ兄妹としか見えぬ年がらである。

「檜……」

と呼びかけた保明の声は、もう全く叱責の調子を失って優しく変わっていた。一世を畏怖せしめているこの人の、檜に対する溺愛は世間のうわさにさえのぼっているほどである。

「のう、檜」

「はい」

「不思議なことがあるものと、女中どもがうわさいたしおったぞ。こよい、卯蔵方の勝負手として出席いたした娘は、顔から姿まで、そなたに生き写しじゃと申すのだ」

「まあ、それは興あることにござりまする」

檜が目を輝かせて言ったとき、リリーンと澄んだ鈴の音がして、前面のふすまが音もなく左右に開かれた。

中央に、金梨子地(きんなしじ)幅広の机をすえ、その正面に保明のほうへ面して、こよいの闘花蝶の行司である西田遠順(にしだえんじゅん)が座している。

遠順は和泉屋与右衛門(いずみやよえもん)の剃髪(ていはつ)してからの名であって、泉州谷川の住人。霊和(れいわ)通宝、通(つう)禧(き)通宝、三朝通宝等いわゆる谷川作とよばれる鋳銭をもって聞こえた古銭収集家中の錚々(そうそう)、闘花蝶の勝負鑑定者としてはまず最上の人物である。

その遠順を間に、金梨子地の机をはさんで相対してすわったのが、こよいの立て役者である闘花蝶の勝負を争うふたりの女性。

卯蔵側の代表たるお小夜は、かかる席にのぞんでこそいよいよ天性のびぼうに光が加わって、しかも育ちのなせる物腰の気品の高さが、ぴったりその場の空気になじんで、一座の人々をして思わず嵯嘆の目を見はらせるばかりである。ことに、保明と檜は、世にも不思議なるものを見る面持ちで、先刻からじっとお小夜の姿に目をすえたままである。

そのふたりの女性の背後六尺をさがって、それぞれ卯蔵と相手かたなる銅座の赤吉とが座をしめているのであるが、卯蔵は、お小夜と相対してすわっている女性の顔を一瞥した瞬間、思わず腹の中で、あっと叫び声をあげてしまった。

（あ！　あの女は、名代の女すり、十六夜のお銀じゃあないか！）

そうだ、あのお銀なのである。

化けたりな、黒えりの唐桟を古代紫の小紋かなにかに着かえて、髪から化粧のぐあいまで、上品ずくめに作った恰好は、まさか旗本の御新造とは受けとれぬとしても、銭鬼灯を向こうにまわしてたんかのやりとりに一歩も譲らぬ大あねごとは、とても思えない澄ましようである。

陰険な権謀術策をもって聞こえている銅座の赤吉が、かかる席へなぜ名代の女すりを化けこませたか。

思えばお小夜は危ういかな！

そう思って見るせいか、ひどくとりすましてあたりを無遠慮にじろじろ見回している赤吉の姿に、なにか策ありげな無気味なものが感じられるのである。

子どものように背のひくい猫背の男で、そのうえ顔はやけどのために見るかげもなく醜く引きゆがんでいる。年はよくわからぬが、六十歳はこしているらしい。

さて、そのほかには、外縁近く、護衛のために居並んだ若侍が五、六名。

涼風にのって漂ってくる遠い虫の声が、なにか息づまるようなものを感じさせるこの座の空気にいちまつの柔らかみをそえている。保明のほうに向かって一礼した西田遠順は、やおら一座を見まわして口を切った。

「ただいまより闘花蝶にうつります。不肖遠順、鑑査役に立ちますうえは、勝負の決定につきましては絶対に御一任くださいますよう。闘銭は皇朝十二銭。七勝をもって最後の勝者と決定いたします」

そう言いながら、金梨子地の机の一隅にのせてあった小さな銀鈴を取って軽くふると、その音を合図に、机わきの燭台(しょくだい)を一つ残して、ほかのあかりはいっせいに吹き消された。

おりから、月に濃い雲でもかかったか、開け放たれた庭のかなたは、漆を流したような一面の闇。

ここばかり、かっと明るい机わきに、ふたりの美女の姿は、いやがうえにも艶に浮き上がってきた。

リリーン……

二回めの鈴が鳴ると、ふたりの女性はおのおの机の上にきんらんの布を敷く。その上へ勝負銭をのせるためだ。

一座はしーんと水をうったように静まりかえった。ことごとくの視線がいっせいに机の上に集中されている。

こよいの勝負は、ただに江戸城の普請をかけているというばかりでなしに、そのうえなにかある——と、だれもが感じているらしかった。なぜならば、卯蔵、赤吉に保明の三人は、こよいの勝負銭である皇朝十二銭をめぐって、やや狂気じみてさえ見える争奪戦をくりかえしてきたではないか。

遠順は呼吸をはかって、三回めの鈴をならした。

ふたりの女性は、ひざ近くおいてあった小箱の中から、それぞれ一枚の銅銭をとり出して、きんらんの敷布の上へそっとおく。

そうしたしぐさにあっても、お小夜はあくまで気品高く、それに反して、お銀の身ごなしからは隠しおおせぬあだっぽさがにじみ出てくる。遠順は、二枚の銅銭へじっと視線をすえていたが、そのうち、手をのばしてみずからその銭を裏にかえす。凝視していることややしばし、やがて、顔を上げると一段と声を高めて、

「銅座がた、万年通宝。筑紫屋がた、長年大宝。万年通宝の勝ち……」

そう言ってから、声の調子をかえて、

「この万年通宝は、俗に吉備万年と呼ぶ字画端正な良品でございます」

と、説明するようにつけ加えた。

万年通宝は第四十七代淳仁天皇の天平宝字四年三月十六日に鋳られたもので、吉備万年と吉備真備の書によるといわれている。

それに対し、長年大宝は第五十四代仁明天皇の嘉祥二年九月の鋳造で、年代からいっても万年通宝の勝ちは当然というところ。

遠順がその勝負銭をとって自分のそばにある小箱へおさめると、続いて銀鈴が鳴って、第二回目の勝負が始まった。今度は、二者ともに、打った闘銭は同じ和同開珎であった。

『和語連珠集』に、

「元明天皇慶雲五年正月武蔵国秩父郷より銅を献ず、ゆえに年号を和銅と改元ありて銅銭を鋳させたもう、文に和同開珍と鋳る」とあるが、また、和銅年間以前からこの銭が用いられていたという説もあって、さだかではない。しかし、これがわが国最古の鋳銭であることには変わりはないのである。さて、遠順はまた声をはりあげた。

「双方ともに和同開珍でございますが、銅座がたの勝ちといたします」

緊張のあまり一座がかすかにざわめいた。

赤吉はそれ見たことか、と言いたげな顔。

しかし、二敗を喫しながら、お小夜も卯蔵も自若として動かないのは、なおも深い自信があるのだろうか。

「同じ和同開珍ながら、銅座がたのものは、古和同中、俗に挑剔和同と称するけうの逸品にて、筑紫屋がたの普通和同に比すれば当然上位につくべきものと考えられます」

その挑剔和同は、赤吉秘蔵の一品で、それを惜しげもなく打ち出すところを見ると、赤吉がいかにこの勝負に必死であるかということがうかがわれる。

単なる銭の争いも、今や殺気だったかとさえ思われるばかり緊張を示してきた。

はじめ優勢を持していた銅座がたは、その後勝負の進むにつれて、筑紫屋がたの打ち回しの巧みさにしだいに追いつめられてきて、十勝負のうち、勝ちは筑紫屋がたが六に対し、銅座がたは四という開きを示したのだ。しかるに、赤吉もお銀も、むしろ気味のわるいくらい、平然と澄ましかえっている。

だが、残りの二勝負のうち、筑紫屋がたは一勝さえ得れば七勝を得て最後の勝利となるのだし、ことに、双方の手に残っているはずの銭を考えてみれば、もはやその勝負はきまったと同じことに思えるのだ。

すなわち、銅座がたに残っている銭は、

一、寛平大宝（第五十九代宇多天皇寛平二年）

二、乾元（けんげん）大宝（第六十二代村上天皇天徳二年）

の二種であるはずであり、筑紫屋がたのは、

一、神功開宝（第四十八代称徳天皇天平神護元年）

二、富寿神宝（第五十二代嵯峨（さが）天皇弘仁九年）

の二種であって、そのいずれも年代ははるかに古いのである。

いよいよ十一回めの勝負がはじまったときには、一座の緊張はその極にたっしてい

た。さすがに少しく興奮を示してきたふたりの女性が、西田遠順の振鈴によって、さっと闘銭を机上へおく。身を乗り出すようにしてその二つの銭に見入っていた遠順の判定の声が、やがてきっぱりと響いてきた。

「筑紫屋がた、神功開宝。銅座がた、乾元大宝。これは筑紫屋がたの勝ち……」

わっとどよめきかけた一座の声をおさえるようにして、背後から赤吉のだみ声がずうずうしいくらいの落ち着きをもって聞こえてきた。

「もし、ちょっとご鑑査のかたまで申し入れます。その勝ち名のり……あるいは、失礼ながら、おまちがえではございませんか？」

「なに？」

遠順はややけしきばんで、そのほうをふり向いた。

「わたしの判定にご不服だといわれますのか？　さらば理由を申しましょう。銅座がたの乾元大宝に比し、筑紫屋がたの神功開宝は年代もはるかに古く、しかも、これは天下に三品となき驚怖神功（きょうふじんこう）にございますぞ」

おお驚怖神功！

表裏ともに周縁が二重輪をなしていて、見た人がその珍奇さに驚嘆したため、そういう通称を得たと言われている奇銭である。筑紫屋卯蔵自慢のものであった。

だが、赤吉は平然と、むしろせせら笑うように、

「驚怖神功は一説に後人の戯作であろうともいわれているではございませんか。さようなあやふやなものをかかる席へ得意げに持ち出す者も持ち出す者なら、西田遠順とも申されるおかたが、それを唯々としてお取り上げになるのはいかがなもの……いやいや、決してあなたさまの判定にけちをつけたい所存ではございませんが、どうか、銅座がたの乾元大宝を、もう一度よくお改めのうえ、お鑑定しなおしを願いたいのでございます」

その憎々しい言い方にだれもかも苦々しそうに眉をしかめていたが、遠順は、

「さらば御希望どおり、再改めをいたしましょう」

そう言いながら、机上の乾元大宝をじっと見直した。

「あっ！」

その乾元大宝を裏返してしげしげと見入っていた遠順は、なにを見たのか、突然鋭い声で低く叫んだ。

「こ、こりゃあ……」

暗く額をくもらせて、いささか震えを帯びた声でつぶやくように言ったと思うと、

「ひょっとして、髑髏銭じゃあ……？」

「えっ！」

愕然として叫んだのは卯蔵であるが、保明もひき入れられるように、思わずからだを乗りだした。

（この乾元大宝の裏面に、いかなる意味か、肉眼ではしかと認めがたいほど小さく髑髏の刻印が打ってあるのは……うわさにのみ聞いて、まだ実物に接する機会もなかった、いわゆる髑髏銭と呼ばれる珍貨なのであろうか？）

さすが、当代きっての古銭家と呼ばれた遠順も、思いまどうさまで赤吉のほうをちらりと見やったが、その赤吉は、さもありなんと言わんばかりに、なにかふてぶてしい笑いを口のあたりに漂わせながら、

「どうやらお気づきのもようでございますな、髑髏銭と？　いや、さすがはごりっぱなご見識……さて、その乾元大宝が髑髏銭ときまりました以上は、驚怖神功といずれを上位におかれまするや、明確なご鑑定がのぞましいものでございますな」

「うむ……」

遠順は二枚の闘銭の上へ深くかがみこんで、眉をよせながら、じっくり考えに沈んでしまった。

髑髏銭とはいかなる銭か？

それは、この物語の進むにつれて明らかにされてくるであろうが、その銭の出現によって一座がにわかに殺気だってきたのを見ても、ただごとならぬ予感をうける。そして、その殺気は、遠順が最後の断定を下さん決意の面持ちにてすっくと顔をあげた瞬間、その極に達したのである。

何者ぞ！　庭先に人の動く気配あり、とおもった瞬間、遠順の小髪(こびん)をかすめてヒュッと音して飛来した小石が、かたわらの燭台にかつぜんと鳴って、同時にさっと灯が消える。おりから、むら雲におおいつくされたか、洩(も)れてさし入る月あかりさえもない。あたりは一瞬にして咫尺(しせき)を弁ぜぬ暗闇と化してしまった。

すわ！　と、立った人の気配が、

「ろうぜき者ッ！」

「おのれッ！」

「待てッ！」

警固の若侍たちの声であろう。闇をついてばらばらっと庭先へ飛んで出たらしい。

「あかりを、あかりを！」

だれか叫んでいる。離れた部屋から、こしもとのひとりが手燭をとって駆けつけてきた。

やっと、もとの明るさにかえった部屋の様子を見ると、驚きにだれもいっせいに棒立ちになっている中に、さすが保明と檜、それに勝負手であるお小夜とお銀とだけは、もとの位置に端然たる姿で座していた。

あわてて縁先まで、はせもどってきた若侍のひとりが、

「曲者（くせもの）のゆくえ、なお取り調べ中にござりまするが、おりからの闇にさまたげられて、いまだに影をさえ捕らええませぬ」

と報告するのへ、保明は冷たい一瞥を投げたままで、

「遠順。勝負をつづけたがよかろう」

とうながした。その一声に、人々は席へもどって一座は静穏に復したが、しかし、なにか身近に異変の起こっていることをうすうす予感したらしい。

「あっ！　銭……銭がッ！」

遠順がもとの座へつくなり、そう叫んだのである。

「銭がない。闘銭がなくなった！」

人々ははっと息をのんで顔を見合わせたが、

「もしや、下へ落ちていませぬか？」

「机の下にでも……」

立つこともならぬので、遠くからそっと声をかける。

いわれるまでもなく、遠順は机のまわりを捜しまわったあげく、おのれのふところへまで手を入れてみた。

ない。あかりの消えた騒ぎのさいちゅうに、机の上から乾元大宝、神功開宝の二枚が全く消え去ってしまったのだ。

「たしかに、机の上へおいたままのはずでございましたに……」

重大な責任を意識して、遠順の顔はもうまっさおに変じていた。そうだ。なにかあったのだ。庭先から石を投じて無意味にあかりを消したりするはずはない。

それかといって、石を投じた曲者が、あかりの消えたすきにこの部屋へ飛びこんできて、机の上から闘銭二枚をさらっていく……そんな余裕はあり得ない。してみると……

（だれか、この中に盗んだ者があるのだ！）

人々は不安そうに顔を見合わせて、石のように口をつぐんでしまった。すると、その沈黙を押し破るように、

「西田様に申し上げます」

ひどく取り澄ましたお銀の声であった。

突然なにを言いだすかと、遠順をはじめ一同の視線がいっせいにお銀の口もとへ注がれる。

「女だてらに、かようなことを申し上げますのは差し出がましいことと存じますが……」

と、一応殊勝らしい前置きをして、

「ただいままで、二枚の闘銭がこの机の上にありましたことは、わたくしはよく存じております。それが急に見えなくなりましたことは……悪く申さば、なんぴとかの手に奪われましたか、あるいはまちがって衣類のすそにでもはさまりましたか……いずれにせよ、このままには済まされぬ仕儀。ことに、間近にあったわたくしのごとき、思わぬお疑いなど、もしお受け申したとすれば、まことに心苦しいこと、つきましては、別間

をご拝借の上、しかるべきおかたさまお立ち会いにて、そでなとふところなと、ぞんぶんお取り調べの儀、お願い申したいのでございます」

「ああ、そうお願いできますものなら……」

と、遠順は思わず、つぶやくように言ってしまった。かれとしては、すまぬとは思いながら、最も間近にいたお銀お小夜のふたりを疑わないわけにはいかなかったのである。

「いかが、いたしましょうか？」

遠順はおそるおそる上座を見た。

保明は閉じていた両眼を細くあけて、遠順、お銀、お小夜と、三人の顔をゆっくりと見くらべるようにしていたが、

「よきにせい」

「は……では、しばらく中座のお許しを得まして……」

立ち上がったお銀と遠順は、一同の視線に見送られながら、老女の案内で別間へ通る。

「さ、ぞんぶんにお調べくださいまし」

お銀は両手を広げながら、えんぜんと笑ってみせた。そのふところやたもとへ手をふれてみていた遠順が、首をかしげて、

「たしかに、ありませぬ」

「では、帯をといてご不審を晴らしましょう」

言うより早く、お銀は立て回した金びょうぶの陰に、老女とはいっていった。

シュッシュッと、帯のとける音が聞こえてくる。

お銀は澄ましてもとの座へつきながら、今度はそちらですよ、と言わぬばかりにじろりとお小夜の顔へながしめをくれる。いやもおうもなくお小夜の立つ番であった。

もとより、やましいところのないお小夜は、遠順にうながされるまでもなく立ち上がったが、卯蔵のみは、お銀と赤吉の顔を見くらべるようにして、なにやら不安そうに、去っていくお小夜のうしろ姿を見送っていた。

別間にはいると、遠順はお銀にしたと同じように、お小夜のふところやたもとをおさえてみていたが、

「お銀殿にもそうしていただきました。念のために、帯をおときくださいまして……」

女としてそれほどまでにしなければならないのはつらいことであるが、お小夜は既にそれだけの決心もついていた。

悪びれもせず金びょうぶの陰へはいっていく。

ただひとりついてきた老女も、檜に生き写しで、しかもういういしく可憐なお小夜の顔にうっとり見とれて、この娘を裸にして調べねばならないみじめさを、しみじみと感じているらしかった。

忍びやかに、それだけかえってなまめかしく、きぬずれの音がつづいて、やがてゆるんだ帯が、お小夜の足のまわりへすっぽりと抜けたように落ちる。お小夜は透きとおるように白い顔を老女のほうへふりむけて、

「これでよろしゅうございましょうか?」

老女は言いにくそうにためらいながら、

「お銀殿には、なおそのうえ……」

まだふじゅうぶんだと言うのだろう。

お小夜は、さらに鹿の子の腰帯へ指をふれた。かぐわしいおとめの肌のうるおいが、ほんのりびょうぶの中に飽和する。

「老女さま。ご覧くださりませ」

はだけたあかい下着の間から、雪のように白い肌の色がのぞいている。お小夜はその衣類の前をおさえながら、軽く二、三度ふってみせた。

と——

チリンと音をたてて、すそ前からころげ出たものがあった。

「あっ！」

ぎくっとしたように、お小夜も老女もいっせいにそのほうへ目をすえた。二枚の銅銭なのである。

「おう！　これは？」

老女の口から、好意の色がにわかにうせていったとおもうと、鋭い詰問の声に変わって、

「お小夜殿。これをいかがなされたのじゃ？」

むしろ、お小夜はぼうぜんたる面持ちであった。

「存じませぬ。わたくしは……」

「なに、知らぬ？」

むっとしたような高声になって、

「知らぬとはふてぶてしい言い方……西田殿、西田殿、ありましたぞ、銅銭が！」

「えっ！　ありましたか？」

場所も忘れて駆けこんできた遠順は、その二枚の銅銭を老女から受けとるや、

「ああ、これでございます、これでございます。乾元大宝に神功開宝……して、して、これがいずれから？」

老女はじっとお小夜をにらみすえながら、

「このおなごのふところから、落ちましたのじゃ。これ、お小夜殿。まだ知らぬ存ぜぬと、言いはりますかや？」

何度詰問されても、お小夜にはそう答えるほかはない。

「どうして、これがわたくしのふところにございましたか、全く不審なのでございます」

「まあ、顔に似合わぬふてぶてしさ」

老女と遠順は、あきれたように顔を見合わせた。

遠順はただひとりあわただしくもどってくると、座につくなり、

「申し上げます。お騒がせ申してまことに申しわけございませぬ。やっと、うせた闘銭が出てまいったのでございます」

そのせき込んだ口調へ、一座の人たちははっとしたようにざわめいたが、保明ひとり、仮面のように動かぬ顔をただわずかにうなずいてみせただけであった。

「全くもって思いがけませぬことには、その闘銭、お小夜殿のふところから出てまいったのでございます」

「もし……おことばちゅうながら、西田さま。そりゃほんとうのお話でございましょうな？」

卯蔵はたまりかねたように、満面へ朱をそそいでにじり出てきた。

「おう、なんでわたくしがうそをつこう？」

「まこと、お小夜様が、それをとったと白状なさったのでございますか？」

「筑紫屋さん。白状するもしないもない。そのふところから、現にうせ物が出てきては、なんの言いわけもたつまいが……」

「ところが、西田様。それがなによりもお小夜様の潔白な証拠じゃあございませんか。とった物なら、なにも、ふところをさぐられるまでじっとのんきに持ちとおしていますものか……第一に、あのお小夜様に、なんでそんな銭など奪う必要がございましたろう?」

その卯蔵のことばを待ちかまえていたように、赤吉のだみ声が高飛車に聞こえてきた。

「女に必要がなくても、卯蔵どん。おまえさんにはあの髑髏銭、のどから手が出るほどほしい訳があったんだろう?」

そのことばの尾について、取り澄ました声でお銀がすかさずつけ加えた。

「現にふところからうせ物が出てきてみれば、百の言いわけもしかたないではありませんか」

「言うな、お銀!」

と卯蔵は急にむかむかっとしたように、

「そういうおまえは、どこの何様とおっしゃるおかたさまなんだ? え、おい? 皆さん、聞いておくんなさいまし。この女は世間で十六夜とあだなまでもらった名うての女すりでございますよ。指先一つで何をしでかすかしれたもんじゃあございません」

「おいおい、卯蔵どん」

赤吉のだみ声が高くなる。

「黙ってりゃあいい気んなって、なにを言いやがるんだ。こっちの勝負手へけち、をつけようってのか。おい！　そのお銀様は、れきとした、さるお旗本の御新造だぞ。めったなことをほざいて、あったら口へ風邪をひかすなよ」

とんだ方角へ、けんかの華が咲こうとしたとき、保明は突然すっと立ち上がった。

「おう。また虫が鳴きだした。しかし、まだいかにもかぼそい声じゃのう」

と、ひとりごとのようにつぶやいて、

「檜、茶でもたてようか……」

はっとして一座が居ずまいを直そうとしている間に、そのまますたすた遠ざかっていく。残された人々は、半ばぼうぜんとして、水を打ったように静かになった。

その耳へ、立ちもどってきた老女の声が、

「皆様、お引き取りくださいますよう。なお、小夜は不埒なる者につき、しかと窮命申しつけられましょう。卯蔵殿にはご謹慎あってしかるべきこと……」

（しまった）

卯蔵はくちびるをかんでがっくりとうなだれた。

（ああ！　お小夜様にはとんだ災難が……畜生ッ！　赤吉のやつめ！）

取り残されて、卯蔵ひとり、その部屋へ黙然と腕をこまぬいていた。骨ばった肩をそびやかした銅座の赤吉が、聞こえよがしに浴びせかけていった嘲笑が、焼きつくように耳の底に残っている。

（はかりゃあがったな、赤吉め！　しかし、なんてえみじめな負け方だ……）

卯蔵はふっと首をもたげた。名まえを呼ばれたように感じたからだ。見回したが、だれもいない。風がサラサラと音をたてて軒先を渡っていくばかり。

（驚かしゃあがる。気のせいか……）

ちっ！　と舌打ちして立ち上がろうとした。

「おい卯蔵……」

今度ははっきりと、しかも耳のすぐそばでささやく声であった。

「あっ！」

びくっとしたようにふりかえる。

こつぜんと、そこへ一つの人影が立っていた。

中間姿で、手ぬぐいのほおかぶりをしている。

ゆっくりとそのほおかむりをとりながら、

「おれだ……」

と、目とくちびるでにんまりと笑ったのは、あの仙海である。

「あっ！　親分」

卯蔵は言いかけて、あわてて口を手でおおった。

「卯蔵……」

「へい」

「みごとに、負けだな？」

「面目ねえ、親分……」

仙海は手ぬぐいを肩にひっかけると、腰からは莨入れ(たばこい)をとって、スポンと無遠慮な音をたてて、さやぶたを抜いた。煙管(きせる)へゆっくりと莨をつめて、燭台の灯からすぱすぱすいつける。人もなげな落ち着きようである。

「親分。ここにいちゃあ、人目につきますさあ。あぶねえ。すみへよっておくんなさいまし」

と、はらはらして卯蔵がうながすのへ、

「てめえも苦労性だなあ。この仙十郎のやることに、そんなにあぶなっかしさが見えるのか？」

「いや、そんなわけじゃあねえんですが……でも、ここは灯のそばだし、あまり、見通しなもんで……」

仙海は莨の吸いがらを手のひらへはたいて、指先で粉々にもみつぶしてから、ふっと庭先へ吹きちらした。

「おら、見ていたんだ。さすが銅座の赤吉、てめえよりゃあ一枚役者が上らしいて」

「なんといわれてもいたしかたござんせん」

「まともの勝負に分がねえと見ると、とっさにうったひとしばい。いい呼吸だった。庭先から闇にまぎれて石をほうったなあ、米五郎とかいうあの三下やっこらしい。さすがのお小夜さんも、十六夜お銀の神技に近い指先わざにまんまとひっかかってしまいなすったんだ。はははは……闘花蝶に勝って勝負に負けたっていうんだろう、これは……」

「親分……」

と、卯蔵が真顔になって仙海を制した。廊下をこの部屋へ向けて近よってくる足音が聞こえるのだ。

「卯蔵、三四郎さんに、お小夜さんのことは心配無用だと言ってくれ。まさか、このおれがついていているから、とも言えめえが……言いたかったのはそれだけさ」

「すると、親分は？」

「まだこの屋敷に用が残っている……」

言いすてると、仙海はもう縁先へ来て立っていた。軒先をにらんで、軽く、さっと飛ぶ。伸びた指先が軒へかかったとおもうと、まるでばね仕掛けのように、瞬間、その影は屋根の上へ立っていた。

うごめく影

仙海が――いや、念仏の仙十郎とよばれる怪盗が、驚くべき巧みさでこの江戸中へ張りめぐらした網の広さ……その実相を、たとえあからさまに打ち明けられたとしても、だれも耳を疑ってほんとうとは思うまい。

しかも、その網は、かれのたくましい統制力によって、あたかも一匹の妖虫のように、自在に動きさえもする。もちろん、随時かれの隠れ家となり、ときには触角ともなる。

それでいて、数知れぬその配下の者たちは、仙十郎によって紹介されることなしに、お互いにたとえ面と向かいあっていたとしても、それがおのれとつらなりあっている網の目のひとりとは気づかずに過ぎてしまうであろう。

それにしても筑紫屋卯蔵がかれの配下であったとは！　それは、仙十郎の張りめぐらした網の、ただわずか一つの目がたまたま明るみに出たものに過ぎないのではあろうが、意外とすべき事実である。

柳沢保明、銅座の赤吉を向こうにまわして、秘宝髑髏銭を争って立った卯蔵の背後には、実は仙海の坊主頭がひそんでいたのだ。

にやにや薄笑いをうかべながら、裏長屋の破れ畳にころがっていると見せて、その触手はすでに事件のただなかにまで伸びようとしている。

かくて、その夜の柳沢邸は、悲運のお小夜と仙海の黒い影法師をその建物のどこかに押しつつんでひそかにふけていった。

その柳沢邸の一角に、母家と離れてひとむねの屋敷が建っている。もとそのあたりには花畑があったのを、二、三年前につぶして、この「檜様のおはなれ」ができたのだ。

保明はどれほど檜を愛しているのだろうか?

娘のために、みずから建物の図も引いたし、その名にちなんで総檜造りのぜいもつくしてやった。

今、その湯殿に、あかあかと灯がともって、湯水のはねる音が聞こえている。

「浜……」

と、もうもうと立ちのぼる湯気の中から檜の声がした。

「は。お召しにござりまするか？」

気に入りのこしもとは、たすきがけにすそはしょりの形で、入り口まできて指をついた。

「小夜は？」

と、不意にいわれて、

「は？」

と聞きかえしたが、すぐ気がついて、

「闘花蝶の打ち手。あの小夜にござりまするか？」

「そうじゃ。小夜はいかがいたしたか？」

「土蔵のお牢へ、とじこめた由にござりまする」

「ふびんにのう……」

言ったまま、声は湯気のかなたにしばらくとだえていたが、突然、

「連れてきや」

「は？」

「小夜をここへ連れてまいるのじゃ」

「とは申せ、大殿様お声がかりの咎人(とがにん)を、みだりには……」

「よい。わらわが申しつけるのじゃ」

「では、一応大殿様までお伺い申し上げまして……」

「かまわぬと申すに！　さっさといきや！」

檜の声はいらいらとかんだかくなる。

「小夜を召しつれましてございます」

こしもとは、次の間までくると、お小夜を引きすえるようにすわらせながらそう言った。

杉戸の向こうでは、湯でもあびているらしい水のはねる音が続いている。やがて、ぽつんと、

「小夜をこちらへ……」

檜の声である。

「お召しじゃ。そそうのないようつとめたがよいぞ」

こしもとは、杉戸をあけて、中へお小夜を押しこむようにした。ビシッと背後で杉戸の閉まる音を聞きながら、お小夜はそこへうずくまった。

もうもうと立ちのぼる湯気が、灯火を映して金色に輝いていて、その向こうを、白い人影がもうろうとゆれ動きながら、湯舟のほうへと歩みよっていく。

「小夜……」

「は」

「そなたも、湯を浴びたがよかろう」

「は？」

お小夜は、その檜の言ったことばの意味がよくわからなかったようにちらりと目を上げた。

「よい湯じゃ」

声といっしょに湯舟につかった気配がして、

「小夜。そなたも、はいるがよい」

「でも……」

「なに？」

「あまりにもったいのうございます」

「なにを言やる。わらわがはいれと申しているに……」

しかし、それでもまだお小夜はためらって、顔を伏せていた。突然、同じ湯舟へはいれと言う、その檜の真意がよめなかったからである。

「小夜！」

突然、檜の声はいらだつようにとがって、

「この家の者で、わらわに同じことを二度と繰り返し言わせる者は絶えてありませぬぞ。それとも、そちゃ、わらわと同じ湯を浴びるのがいやと言やるのか?」

「めっそうもございませぬ。ただただ、もったいのうございまして……」

お小夜は当惑げに立ち上がって、とうとうその帯へ手をかけた。ためらいがちに、やがて、するっと肩先をすべって衣類が落ちる。

わき上がりうずまく金色の湯気の中に、お小夜のからだはつやつやとうるんで、白い牡丹の花のようにあでやかである。

おずおずと湯舟近くまできて、またちゅうちょするようにそこへうずくまってしまった。

「遠慮はいらぬぞえ、湯舟は広いのじゃ」

檜がうながすように言う。

お小夜は檜のほうを見ることができなかった。顔を伏せたまま、その広い湯舟の片すみへそっとからだを沈めたのである。

並んだふたりの白い肩をうずめて、まだ真新しい檜の香を含んだ湯気がふくいくと立ちのぼる。

「小夜……」

「は……」

「そなたは、ほんに女らしゅう、美しいのう」

檜の吐息をつくようなしみじみとした声であった。

「わらわは男がきらいじゃ。そして、そなたのように、ほんに女らしゅう美しいおなごを、心からいとしいと思います」

お小夜はそのことばにひかれるように顔をあげたが、じっと凝視している檜の燃えるようなひとみを感じて、はっとしたように目を伏せた。

生き写しと言われるふたりも、こうして近々と並んでみると、その差異がはっきりと認められてくる。

檜は、ようぼうの美しさの中にもきらめくような鋭さが動いているし、おとめらしく脂肪ののった肩の丸みにも武術で鍛えた争われぬ肉のしまりが感じられる。それに反して、お小夜はあくまでそそと美しい。武士の娘らしい負けぬ気性もその可憐さの陰にかくれて、うわべには現れていないかたちだ。そして、えり筋から肩、わきへかけて流れる線のかぐわしさは、女が見ても思わず見とれるであろう。

「わらわは生まれそこないじゃ。父上さまがそう仰せられた。おなごに生まれて気持ちは全く男なのじゃ。こしもとどもの騒ぐ美男とやらを幾度見ても、心ひかれ、いとしと思うたことはない」

檜はなにを言おうとしているのだろう。その声は低いが、なにか異様な響きを含んでいる。

「生き写し……皆がそう申した。わらわもそう思います。小夜……」

「はい」

「そなたはこよいから、この檜の妹となる気持ちはないかえ?」

「え?　わたくしが姫君様の?」

「一目見たときから、わらわはそなたがいとしゅうなった。今、ここにこうして、その顔を近々と見ていると、その心がますます激しゅうなる。生まれそこなった檜の代わりに、おなごらしゅう、美しいもうひとりの檜をこの身のかげに引き添えておきたいのじゃ。小夜……そなた、わらわをきらいと思いやるか?」

お小夜はかすかに震える胸を両手でおおいながら顔を上げた。檜の燃えるようなひとみが、思わぬ額の近くに迫っていた。

「小夜……」

「は、はい……」

「美しい。そなたは美しいのう」

お小夜を凝視している檜の両眼は、まるで恋人を胸に抱きしめたときの男の両眼のように、大胆に露骨に光っていた。

「そなた……」

と言いかけて、ほとんど意味もなく、はずんだ声で、

「いくつに、おなりかえ?」

「十八歳に……なりましてござりまする」

答えた声も、うつろであった。

お小夜はわなわなと大きく肩をふるわせた。

「小夜……」

「は、はい」

けたたましく、湯がザワザワと音をたてる。

お小夜は、檜の男のように強い指先に二の腕をぐっとつかまれながら、無意識に湯舟から立ち上がろうとした。

その時、杉戸の向こうから、

「檜様に申し上げまする」

こしもとの声であった。

「大殿様のお召しにござりまする」

檜は、しばらく目を閉じて黙っていた。それから、はっと軽い吐息をして、つかんでいたお小夜の腕をはなす。

「小夜、そなたもいっしょに参るのじゃ」

なにごともなかったような、静かな口調である。

そして、湯舟から出ると、男のように大またにつかつかと流し場を横切っていった。
「浜、小夜に、わらわの衣類を一重ね用意してたも……」

外はきびしい土蔵造りだが、中は天井を張り、ふすまをめぐらして、畳を敷きこんで、それとは気がつかぬいごこちよげな座敷になっている。ただ、奥へ通じる板戸の口に、ものものしく錠まえのおりているのが、あたりの空気にそぐわず異様に見えるばかりである。

保明が古銭の収集に凝り出してから、母家につらねて作ったひとむねで、板戸の奥が古銭の貯蔵庫になっているのであろう。保明は、このころ、休息の時間の大半をこの建物の中で過ごすことが多かった。

深海の底にいるように静かである。

この部屋にいて窓をしめきると、屋根を渡る風の音も、庭先でわめく人の声も、ほとんど聞こえてはこない。

絹あんどんの近くへ文机(ふづくえ)を据えて、今、保明はしきりと一枚の銅銭に見入っている。

さきほど、闘花蝶の争いに使われて、波乱のきっかけを作ったあの乾元大宝なのである。

オランダ渡りの大きな拡大鏡をとって、裏面に打ち出されてある髑髏の刻印を、息を殺して凝視している。

その時、部屋のどこかで、忍びやかに鈴が鳴って、つづいて、

「申し上げまする」

とふすまの外でこしもとの声がした。保明は顔をあげて拡大鏡をおいた。そして、机の片すみにのせてあった書籍を引きよせると、さらさらと丁を繰りはじめた。

表紙に、『精撰皇朝銭譜』と筆太に書いたのが見える。米五郎や卯蔵がうわさしていた保明秘蔵の珍書というのは、おそらくこの書籍のことなのであろう。ひどく古びたもので、一度は水をくぐったらしい、はんてんのあとさえ見えている。

保明は、その秘蔵書を繰りながら、ふすまの外へ、

「何？」

と声をかけた。

「檜様、おこしにござりまする」

「そうか……」

ふすまが開いて、静かな足音といっしょにはいってきた人影が、あんどんの灯から四、五尺おいた位置へしっとりとすわって手をつかえた。保明は開いた珍書へ、じっと目をすえている。

再び拡大鏡をとって、銭とそれとをしげしげと見比べていたが、その眉がしだいに寄ってきたと思うと、やがて、

「よく似せてあるわい……」

興ざめたようにつぶやきながら、からだを起こした。

そのまま、両眼を閉じてじっとしていたが、急にそばにいる人の気配に感づいたようにぱっと目をあけて、

「おう！　檜……」

びっくりしたような声で、

「そこにおったのか……」

手をつかえていた人影は、無言で静かに顔を上げた。

「いつもに似げなく、あまり静かなので……元気がないのう。気分でも悪いか？」

顔を上げたその人影は、ひざがしらへきちんと手をおいて、

「小夜にござりまする」

低いが、悪びれたふうもない声である。

なにっ？　というように、保明のくちびるがきっと結ばれた。檜の衣類を着せられたために、あまりにもその人に似てしまったお小夜の姿を、保明の視線がやや怒りを含んだような鋭さでじろじろとねめ回す。それから、その堅く結ばれたくちびるがしだいに解けてきたとおもうと、突然、

「はっはっはっはっ……檜の、いたずら者めッ！」

「父上さま。いかがにござりまする？」

走るようにはいってきた檜が、保明のそばへ、その肩に触れそうにぴたっとすわった。

「檜がふたりできましてござりましょう？」

「檜、いたずらもいいかげんにせい」

「いいえ、いたずらではござりませぬ。父上さま、お願いでござりまする。小夜をわらわにくださりませ」

「なにを言う。小夜は咎人じゃ。やるわけにはまいらぬ」

「いいえ。わらわはいただきまする」

「たわけッ！」

としかったが、知らぬまに苦笑に変わって、

「なぜ、小夜がほしいのじゃ？」

「愛(いと)しいのでござりまする」

檜が男をきらって、美しい少女をしきりに身近に寄せつけては正しからぬ愛欲にふけっているなどと——そんなうわさも保明の耳にちらほら届いて、苦労のたねをふやしているのだ。

保明がまだ十七歳の部屋住みの時分、こしもとのひとりとはげしい恋愛におちたことがある。よくある例で、きびしい家憲に間を裂かれて、こしもとは女児を生みおとすと、保明のもとを追われてどこかへ去ってしまった。残されたその女児こそ、今の檜なのである。檜は母に生き写しであった。檜は保明にとって、いわば子どもであるとともに、その忘れがたい初恋の人その者でもあったのだ。

天下の諸侯を慴伏(しょうふく)せしめ、将軍家ですら事を行うには、まずその顔色をうかがうといわれた保明が、檜ばかりをこうも甘やかせているのは、一つには捨て去った初恋の人

への忘れがたい悲しみゆえでもあるのだろうか。

保明は、急に話題を転じて、

「きょう、また将軍家より、そなたのお話が出たぞ」

「まあ！　上様には、まだわらわをおあきらめくださらないのでございますか？」

「先日の、あの無礼な雑言をおしかりもなく、たっての御懇望……果報な話ではないか？」

「なんの、果報なことがございましょう。わらわは上様がきらいなのでございます。頭痛のいたすほどにきらいなのでございます。父上さまから、そのおもむき、ようお伝えくださりませ」

「たわけ！　そのようなこと、わしの口から申してみい。腹切りものじゃ」

「もし、たってわらわをしいあそばすならば、お迎えのご人数、斬って斬って斬りまくりましたあげく、のどかっ切って相果てましょう」

「ばかを申せ。困ったやつじゃ！」

冗談でなしに、そのくらいのことはやりかねない気性を、檜はもっている。保明は、ゆっくりと無言で控えているお小夜のほうへ目を向けた。

「よく、似たものじゃ」

いまさらのように感嘆の声を放って、それからゆったり微笑をうかべた。

「小夜はやれぬ。しかし、檜。そなたにしばらく預けておこう」

「なぜ、いただけぬのでござりましょう?」

「預けるのじゃ。上様おひざもとへ上がってもさしつかえなきよう、ようしつけておくがよい」

「え? 上様のおひざもとへ、小夜を?」

と、檜は驚いたように保明の顔を見たが、すぐ父と同じような微笑に変わって、

「わらわの身代わりに……それは、さだめし小夜も喜ぶことでござりましょう」

だが、そのお小夜はさっと顔色をかえてうなだれてしまった。

檜に生き写しのお小夜を、身代わりとして将軍綱吉のおときにさしあげる——なるほど、ただならば異数の出世として喜ぶところでもあろうが、しかし、お小夜の心には既に三四郎という人のおもかげが色濃く焼きついてしまっているものを。うなだれたお小夜を、檜はおとめの気恥ずかしさとばかり見て、

「ほんに、小夜はういういしく女らしい娘にござりまする。がさつな檜などより、上様

がさぞお気に召しますことでござりましょう」

「他人のことを申すより、檜。少しはそなたも女らしゅうなるがよい。武術もよい。腕の立つも誇りである。しかし、女としては、なおそれ以上の重いことのあるを知らねばならん。男だて、町やっことやらの向こうを張って、つまらぬ腕だてに奇矯な風聞を流すより、敷島の道、舞いの一手も心得て、はようよき妻、よき母になるこそ正しき女の心掛けであろう」

「わらわもさよう心得てはおりまする。なれど、父上さま。わらわは生まれながらの変わり者、わがままのほどどうぞ許しおかれまするよう」

檜はそう言いながら、保明のほうへひとひざぐいとにじり出た。

「父上さま。わらわの申すところもお聞きとどけくださりませ。女だてらの武芸好み、おさげすみではござりまするが、世の気概ある者は、父上さまのもっぱら文事学問にのみ陶酔あそばされます風潮を、施政方針を、文弱世を滅ぼすものとして指弾いたしておりますを、ご承知でいらせられましょうか?」

御側御用人、柳沢出羽守を前にして、檜なればこそずけずけと言いうることばである。保明はちょっと前歯をのぞかせて微笑した。目を絹あんどんにとまった蛾の動きへ注いだまま、無言でじっと横顔を見せている。

「父上さま。わらわはいつも同じ苦々しい気持ちでおりまする。東照大権現さまが、なにをもって天下を一手にお納めあそばしたのでござりましょうか？　また、一度徳川の流れに帰した天下を、歴代の将軍家が、施政者のかたがたが、なにをもって確保なされて、世を太平の安きに置かれたのでござりましょうか？　武、武！　わらわはそれ以外になにものもなきことを心から信じておりまする」

保明の顔から微笑が消えた。しかし、まだ蛾を見つめている視線は動かない。

「それを、父上さまは……わらわのなにものにも換えがたく敬いお親しみ申す父上さまは、徳川家祖宗以来の鉄則をはなれて、なぜ文をのみもっぱらにあそばすのでござりましょう？　猿楽、能、経書講義そのほか遊芸文学とやら、世を治めるに縁遠きもののみにおふけりあそばされますを、日々檜は心苦しいこと、なげかわしいことに存じあげてお居りまする」

「そなたばかりは、このわしの気持ちをわかってくれるとのみ思うたに、やっぱり、女じゃのう……」

そうつぶやくように言ったとき、保明の視線はあんどんの蛾から離れ、なにか鋭いものを帯びて、きらっと光った。

「もとより、武は敬うべきである。徳川のお家も武によって立った。持つところの物を確保し、思うところの正義を断行し、国を太平の安きに晏如たらしむるものは武の力である。さりながら、庶民を富ましめ、正しきを学ばしむるものは文の力である。文と武は並び栄えてこそ意義がある。しかるに、これまでに、この国固有の誇りうべきいかなる文化があったというのか？　たとえこの身を、いや、おそれおおい儀ながら、徳川のお家をすら犠牲といたすこともあるも、わしは断じて文をしく。これまでうとんぜられていた、武力から遠いあらゆるものをこの世にはんらんせしめるぞ。それは庶民の生活を豊かにし、正しきを見る目を開かしめ、やがて来るべき世に、さらにけんらんたる文化を生むの原動力となるものだ。ははは……」

　保明は急に声をあげて明るく笑った。

「そなたの苦言につりこまれて、とんだ長広舌をふるってしもうたが……檜、武に凝るはまずよいとして、女だてらの博奕沙汰など、もってのほかのことではないか」

「でも、父上さま。わらわはあのとばくの、一命をとした、真剣勝負にも似たはげしい空気が、むしょうに好もしいのでござりまする」

と、檜はあくまでも負けてはいない。

「父上さま。またおことば返しになりますが、こよいの闘花蝶なるものは、いかがなものにござりましょうか？　お城のご普請という比べものなき賞をかけての大勝負――賭場の争いといかなる違いがござりましょうか？」

「言うな……」

保明はついに苦笑した。

「手なぐさみとこれとは、まるで性質をことにする。つまらぬことを申して、父の揚足とりなどいたすでない」

「されど、父上様……」

なお檜が言いつのろうとしたとき、保明は急にぐっと眉をつり上げて、きびしい表情に一変した。檜は、その父のひとみにじっと見入る。

そのうち、檜の視線はしだいに父の顔をはなれて天井の一角へ移って行ったが、突然、

「やっ！」

女の声とは思えぬ鋭い気合いであった。

片ひざ立てながら、ぐっと右肩が上がったと思うと、その小手からうろこのように鈍い白さに光ったものが目にもとまらぬ速さで真一文字、天井の一角へ、ブスッと音を立てて突きささった。懐剣である。そのまま、しーんと……

ふと見ると、さかさに突き立った懐剣のはばきの周囲へ、なにか黒い液体のようなものが流れたまって動いている。

やがて、それがしずくをなして、ぽつり！　かすかに音をたてて机上の『精撰皇朝銭譜』の表へさっと散った。血だ。

保明がゆっくりと立ち上がる。檜も立ち上がる。

「逃げたようだの」

「逃げ去ったようでござります」

親子は、顔を見合わせて目だけで笑った。

「鼠賊(そぞく)でござりましょう？」

「だが、あれだけの血の流れる手傷をうけて、冷然と逃げ去った気配では、なかなかのしたたかものかも知れぬのう」

物音を聞いて駆けつけた近習の者たちが、天井へ突きささった懐剣を抜きとるやら、天井裏を調べるやら、いちじ沸き上がるように騒がしくなったが、やがてそれも静まると、最後にお小夜を伴って檜も立っていった。

ひとり残った保明は、机の上のものを手にとると、錠をあけて板戸の奥へ姿を消した。

ちょうど、その瞬間である。どこからか風でも吹き入ったように、あんどんの灯がかすかにまたたいた。同時に、こつぜんと——全くこつぜんと、その部屋の一隅の壁にそって黒い海星（ひとで）のように、一つの人影がもうろうと立ち上がった。

中間姿で手ぬぐいのほおかむりをしている。右足のふくらはぎを縛った白布ににじみ出た血が、あざやかな赤さにくっきりと浮き上がって見えている。

しかし、その影は、一呼吸する暇もなく、倉から保明のもどってくる気配を耳にすると、また壁沿いに音もなく消えうすれていった。

剣難

「いかがいたしたのじゃ？」

突然棒鼻をつかれたようにとまった駕籠（かご）の中から檜の声がした。駕籠わきにいたこしもとのひとりが、

「は。なにやら人だかりが、お道先をふさいでおるのでござりまする」

「けんかか？」

「さようあい見えまするが……」

「行って、よう様子を見てきや」

「は……」

答えて小走りに去っていったこしもとが、すぐもどってきて、

「申し上げまする。浪人体のご武家が、無礼があったとやら、茶屋の召使いどもに乱暴

をはたらいておるのでござりまする。人の話では、常に無銭にて飲み食いをはたらき、そのうえ言いがかりをつけては乱暴のかぎりをつくすもてあまし者にござりまするとやら、今もひどう酔うておりまする」

「困った男がおるものじゃのう」

さも、眉をしかめるような檜の声である。

浅草観世音へ朝参りのもどり道であった。駕籠わきに気に入りのこしもとが四、五人付き添っただけ、陸尺(ろくしゃく)のほかは男けのない一行である。

「抜いた、抜いた！」

けたたましい叫び声といっしょに、道をふさいでいた人がきがにわかにくずれた。

なるほど、そういういやがらせをやるにはうってつけの人相の悪い浪人体の男が、茶屋の女中らしい若い女のえり髪を片手にわしづかみにして引きずりながら、片手に白刃を振りかぶって、もうひとりの若い衆を追い回しているのである。

土け色に顔色を変じた若い衆は、なにやら哀訴しながら白刃の下を逃げ回っていたが、とうとうたまりかねたように、悲鳴といっしょに走りだした。

してやったりと言いたげな侍の顔である。

「さあ、女！　だてに抜いた刀でないと承知のうえ、逃げられるものなら逃げてみい！」

えり髪とってあおむけざまに引きずられるままに、女のすそは無残に乱れ、露出した白たびの足がもがきながら地をずっていく。

「ご勘弁ください……お許しください……」

「許してくれと言う以上、おとなしく来るところまで来てわびるというのだな？　よし。そんなら、立て！」

えり髪をつかんだまま引っ立てるようにする。

まげはくずれ、顔色はまっさおだった。

（ああ！　かわいそうに……）

と、遠巻きにしたやじうまたちはそう思っている。

（どこかへ連れこんで、金にするか、色にころぶか……いずれ筋書きはきまっている。おとなしそうな女中さんだのに、かわいそうな……）

そうは同情しているのだが、なにしろ相手が金箔（きんぱく）つきの悪漢なので、さておれが、と口をきいてやろうとする者もない。

「さあ、歩け！」

こづかれて、女はよろめくように歩きだしたが、次の瞬間、侍の手を必死に振り払うと、

「助けてえッ！」

すそも髪も振り乱しながら。

「うぬっ！」

侍の形相が変わった。追い討ちに振りかぶった白刃のすさまじさに、わっ！　と、人がきがくずれ散る。

「お助けくださいまし！」

女がのめるようにころがりこんでいったのは、人がきのうしろに立ち往生していた檜の駕籠の陰であった。

「無礼者ッ！」

こしもとのひとりが白刃のままおどりこんできた侍の前へ、すっと立ちはだかって叱咤した。

「高貴のお方のお駕籠先をわきまえぬかッ！」

「なにッ?!」

叱咤の声と、一瞥した駕籠のきらびやかさに、いちじはっと足をとめた侍は、しかし、次の瞬間その供回りをじろっとにらんで、それが四、五人、しかも女ばかりと見ると、にわかに凶暴な目つきに変わってきた。

悪い酒とみえて、顔色がまっさおに沈んでいる。

「なにが無礼者だ！　女を出せ。拙者を面罵嘲弄せし憎い女をどこへかくした？　さあ、出せ。女を出せ。女を出せ」

「ええ、申すな！　この上お駕籠先を騒がさば容赦はせぬぞ！」

「おい！　甘く見るなよ。この拙者をだれと思う？　それとも、承知でけんかをうる気か？　うむ、そうか。けんかをうるとあらば、おもしろい。だいぶあぶらののったのがそろっている。なますに裂いて鍋にしてやろうか？」

「ええ、無礼な！」

四、五人のこしもとはその侍を取り囲んでいっせいに集まった。槍の仕込みで、だれもかれも相当に武芸の心得はある。

「こりゃあおもしろい。ひとおもいにやるには惜しいような尤物もある。いっそ手取りにして、夜のさかなにでもしてくれようか」

毒舌をたたきながら、じりっと白刃を引きつけた侍の構えには、法にかなわぬ格はずれながら、侮りがたい悪力が見えている。その時、

「皆の者、待ちや」

扉をあけて、駕籠から檜が、すっとおり立った。ひとりのこしもとがはせよって、こがね造りの小太刀を捧持する。

「そちたちの手には負えまい。怪我せぬうちにさがるがよい」

けさはまた、ひどく地味な小袖に、かえって品よくさえた檜であった。微笑をふくんで、ゆったりと侍の前へ立つ。

「たわけた男じゃのう」

顔の微笑と相違して鋭い声であった。

「なに?」

相手の姿のやさしさに、侍はいよいよ酔いにのってきた。

「たわけとはなんだ? たわけとはッ?」

檜の顔をぐっとにらんだ、酒に血走った両眼を、なにかみだらなものを空想したらし

いげびた笑いがさっとかすめた。

「無礼とはうぬらをさしてこそ言うべきだ。仲裁に立つなら、なぜそのような口をきかん！　それを、たわけとはなんだ、たわけとは！」

「そなたごときは、たわけでたくさんじゃ」

「ええ、くそッ」

斬る気はなかったらしい。女とたかをくくって、おどしたうえ、金にするか、あわよくば酒のさかなにでもするか。

見ていた人たちははっとした。峰討ちのつもりかしらぬが、とにかくすさまじい勢いで、檜の頭上をのぞんで白刃がさっと振りおろされたのである。だが、その瞬間、

「ううっ！」

締め殺されそうに、のどをつまらせてうめいたのはその侍のほうであった。

油断もあったが、どこをどうしたのか、白刃を一、二間も向こうへなげ出して、たたきつぶされたように大地へはっている。

夢中ではね起きた侍は、同じ位置に、微笑しながら、ややそり身に立っている檜の姿を見ると、もう口がきけなくなるほど、かっとした。血走った目じりをつり上げて、

「くそっ！」

欲も得もなくなった無鉄砲さで、素手の檜へかみつくように白刃をたたきつけてきた。ふわっと軽くからだをかわして、檜はまだ微笑をつづけている。

立ち直った侍は、それにつられて、相手の目の動きを察知するいとまもなく、やにわに白刃をふりかぶってつめよった。

と、みる瞬間、立っていた檜の姿が前へのめるようにさっと沈んだ。

ドシン！侍の他愛もなくしりもちをついた音である。立ち上がろうとして、わき腹をおさえながら、ううう……とうめいている。

「太刀！」

と、檜。

太刀をささげたこしもとが寄るまもなく、檜は小手をのばしてその柄を握った。こじりをこしもとへあずけたまま、からだをひねって虚空をたたき割るようなすさまじさに、抜き討ち！

ビュッと空気のつんざける音に、侍ははっとして首を縮める。その面前へ、一度宙天高く舞い上がったまげのはけ先がばっさりまのぬけた音を立てて落ちてきた。

「あっ！」

無意識に頭へ手をやって、それから、なんのつもりか、落ちたはけ先をひっさらうと、突然うしろも見ずに走りだした。

「わっはっはっは……」

見ていたやじうまが喜ぶまいことか、逃げていく侍のうしろ姿へ拍手を浴びせながら、声をそろえて笑いだした。

とんと、喜劇である。

「偉いねえ、あのお嬢さまは……」

「お武家のお娘御は違ったものさ」

「なんてえ胸のすくような腕っぷしだろう」

江戸っ子は、えてこういう一幕に大騒ぎするのである。そのうち、

「あっ！　ありゃあ、柳沢様の檜様だぜ」

と言いだすものがあって、

「そうだそうだ、檜様だ、檜様だ」

しかし、檜は、どうしたことか、急にむっつりと不機嫌になって、先刻の女が救って

もらった礼をしきりと繰りかえしているのにさえ、見向きもせずに駕籠へ乗った。

さっと駕籠じりが地からはなれる。

二、三歩動きかけると、中から、

「これ」

と駕籠わきへ。

「は」

「そちゃ、あの人込みの中に若い浪士のいたのを覚えていやるか?」

「は……気づかずにおりました」

「二十五、六、色の小白い浪人じゃ。ほかに武家の姿はなかったよう思う。すぐわかろう」

「は」

「そやつ、わらわの顔を見て笑いおった。わらわのいたしかたを、嘲笑(ちようしよう)いたしたのであろうぞ。許しがたい。さだめし、腕に覚えがあってのことと思う。そなた参って、取り逃がさぬよう屋敷へ引いてきや。しかと申しつけましたぞ」

「は。かしこまってござりまする」

答えといっしょに、駕籠わきから三人、こしもとたちはあわただしく駆けもどっていった。

「これ。そこなお武家……」

声をかけられて、いささかけげんそうな面持ちで立ちどまったのは神奈三四郎であった。


かがやくような総檜の、広さも五、六十畳は楽に敷けるりっぱな道場である。正面に一段高く畳を上げて、床には、きぬからおどり出そうな勇健な筆で『八幡大菩薩』の軸がかかっている。

三四郎をその一隅へ引きすえるようにすわらせたまま、こしもとたちは出ていってしまってなかなかもどってこない。

昨夜の闘花蝶の吉左右を、待ちきれなくなって、筑紫屋まで尋ねにいく途中の三四郎であったのだ。道をふさいだ群衆へ、なにごころなく足をとめてのぞいてみると、おりしも酔いどれ侍を手玉にとっているひとりの女性。

(あっ!)とあやうく声を立てるところであった。あまりによくお小夜に似た人だったからである。

柳沢家の評判の鬼娘檜と、その名を聞くまでは、幾度息をつめてその姿を見直した三四郎であったろう？

（腕も立つようだが、うわさのとおり、なかなかのじゃじゃ馬らしいわい）

そう思っている鼻先で、抜き討ちに男のまげをさっと斬り払った姿――はでにさえていただけ、ああまでしなくとも……と、つい苦笑が出た。

その苦笑を嘲笑と受けとって、いやおうなしに引っ立てまじき勢いには、三四郎もひどく迷惑を感じたのだが、

（そうか、柳沢の屋敷……）

住み込みたいとさえ思っていたやさきである。こういう機会に様子を見ておくのも、なにかと好都合であろう……そう思って、ついには進んでついてきたのだった。

しかし、ここにこうしてすわらされてからもう小半刻もたつのに、あれっきり、戸口のガタと鳴った気配もない。

（やっぱり、じゃじゃ馬はじゃじゃ馬だ。礼儀をわきまえぬにもほどがある……）

三四郎はにが笑いしながら、窓ぎわまで立っていった。

豊かに茂った緑の海をこして、母家の屋根がわらがぎらぎら光っている。蟬の声が雨のようだ。そのうちに、

（おや？）

と、三四郎は目をみはった。

ひときわ高くそびえ立った老松があって、その頂近くの梢に――そこは茂った緑にさえぎられてどこからも見えないような位置になっていたが、ただ三四郎の立ったところからは、木の間越しにその一角がわずかにすけて見えたのである。

（ああ、あれは？）

たしかに、そのこずえに人間がとまっているのだ。けげんそうに見つめている三四郎の顔がしだいにゆがんできた。

（見たことのある、姿だが……はてな、気のせいであろうか？　仙海……いや、しかし仙海殿がこんなところにいるわけもなし……）

遠いので、はっきりはわからぬ。中間姿でほおかむりをしているらしいその男は、目もくらむばかりの梢に腕組みのままむぞうさに腰かけて、足もとをじっと見おろしているのだ。

樹下は一面の緑。

ときおり、蟬の声を圧して、ビュンと鋭い弦音が響いてくる。

「小夜、幾射、射ましたぞえ？」

檜の声が聞こえた。

ビュン！

女とは思えぬ鋭い弓勢(ゆんぜい)である。

緑のかげをくぐって光りもののように飛んだ白羽の矢は、的のただ中をみごとに射抜いて、あずちの砂をさっと飛ばす。

黒の小袖に鉄無地のはかま、片肌押しぬいだ檜は、的をにらんで、さんまいの境に立ちはだかっている。

ぬいだ片肌の、ぴったり皮膚に密着したさらし襦袢(じゅばん)の下にあおい影を作っている乳ぶさが、弦の鳴るたびに豊かな健康を思わせてぶるっと震える。

「これにて、二十射、射られましてござりまする」

うしろに控えていたお小夜が声をかけた。

「おう。もう二十射になるか？　では、このへんで休むとしましょう」

檜はお小夜の渡す手ぬぐいをうけとって、さもここちよげに額の汗をぬぐった。その時である。頭上から、

「もう、やめかね？　お嬢さん……」

だしぬけに人声が降ってきた。

檜は、額をふく手を思わずとめて、お小夜の顔を見た。

「ここだ、ここだ」

と、その声はまた叫ぶ。

「頭の上だよ。木の上だよ」

きっとふり仰いだ檜の目に、木の間ごしに老松の梢がわずかにすけて見えた。

「ゆうべはえれえめに遭わせやがったな。おかげで足の傷がまだ痛むぜ」

そのほおかむりの男は、梢から足をぶらぶらさせながら、笑っている。

「おやじさんにそう言っときな。ゆうべはしくじったが、このおれは少々執念深え男だってな。当分、ご当家にごやっかいになる……」

「そちゃ、昨夜の曲者じゃな？」

「あいさ、その曲者というやつだよ」

「何者じゃ？　なにゆえご当家を騒がすのじゃ？」

「へへへ……そいつを言っちまっちゃあ商売にならねえ。おっとっと……おまえさん、おれを射る気かね？」

「小夜、矢！」

叫ぶより早く、檜は矢をつがえて満々と弦を引きしぼっていた。

「そういつも、柳の下にゃあ泥鰌はいねえや。それとも、みごと射るか？　おい、大将。かけといこう」

檜の目は忿怒に燃え、ほおは朱をはいたように紅潮していた。すさまじい気魄をこめて、ヒュッと切る。

矢風にあおられて、木の葉が四、五枚ひらひらと舞いおちてきた。

ゆれ動いた緑のかげに、片手にその矢をわしづかみにして男の姿が立ち上がっている。

「おい。勝ちはおいらのもんらしいね。お嬢さん……」

言いながら、その影はさっと隣の枝へ飛び移った。

「あっはっは……そうそう狙われちゃたまらねえ。いずれ、お近いうちに会いましょうぜ。ナンマイダア……」

すばやい檜の二の矢が弦をはなれるより早く、その男はあたかも猿のような身軽さで枝から枝へ、陰から陰へ、またたくまに姿を消してしまった。檜は眉をふるわせて、そのゆくえをにらんでいる。お小夜も無言だった。

（まあ、仙海殿によく似た声……）

しかし、そのほおかむりの男を仙海と知る由もないお小夜である。

「小夜。背をぬぐってたも……」

やっと不機嫌から立ち直った檜が、惜しげもなく脱いだ背をお小夜のほうへ向けてそう言った。湯殿の窓からさし入る緑を含んだ光線に、檜の肌は梨(なし)の花のようにあお白い。お小夜は、濡れ手ぬぐいをとって、その背の前へおずおずと立つ。

「小夜」

「は」

「そなた、なにか鳴り物をよういたすか？」

「は。鼓を少しく……」

「むう、鼓か……舞いはどうじゃ？」

「一手、二手、いたしまする」

「それもやるか……見たいのう。こよいは、そなたの舞いを見せてたもらぬか?」

「つたないわざにござりまするが……」

「小夜。そなた、昨夜はとうとう、わらわから逃げやったのう?」

「いえ……」

打ち消したが、檜の肩にふれているお小夜の指がかすかに震えた。

「わらわが恐ろしいのかえ? このように、そなたをいとしゅう思っておるのがわからぬかえ?」

「………」

「ご苦労であった。もうよい……」

檜は立ち上がりながら、少しくきびしい調子で言い渡すように言った。

「昨夜は気分があしいとやら、いたしかたもなかったが、こよいから、そなた、わらわと同じ部屋へふせるのじゃ、よいか?」

前ぶれもなく戸があいて、十五、六名のこしもとが、ぞろぞろ道場はいってきた。

「お姫さまのお出ましじゃ。控えい！」

こやつがっ！　と口をついて出ようとする怒りをじっとこらえて、三四郎はさりげなく、言われるままに下座へすわった。やがて、上手のふすまが左右に開くと、背後に四、五名のこしもとを従えて、檜がしずしずと現れた。

もし、三四郎が、その時そのこしもとたちを注視したならば、そこにお小夜の姿を見いだしたことであろう。しかし、三四郎の視線は冷ややかに檜の顔を見つめただけであった。

さしこの稽古着に鉄無地の稽古ばかまをつけた檜の姿は、こうした席にのぞんで一種異様な美しさに光っている。

「これ、そのほうは、いずれの藩か？　なんといやるか？」

「浪士。神奈三四郎……」

そのぶっきらぼうな答えに、だれよりもぎょっとしたのは、檜の陰にうなだれていたお小夜である。

思わず目をあげてその人を見た。

一瞬、かーっと火のようにあからんだほおから、次の瞬間いちじに血のけがひき去って、目もくちびるも肩先も、なつかしさと驚きと、そして訳知れぬ恐れにわなわなと震えはじめた。

もし、こしもとたちが、いっせいに三四郎のびぼうに見とれていたのでなかったとしたら、お小夜のそのおののきをいかに怪しんだことであろう。

「神奈とやら。そちゃ、わらわのいたしかたをあざわらうたのう？　覚えがあろう？」

「いっこうに、ござりませぬ」

「ないと？」

檜はぴりっと眉をつり上げたが、もうそのままなにも言わなかった。三四郎の真額（まびたい）をじっと凝視しながら、無言ですっと立ち上がる。その気配のすさまじさに、こしもとたちでさえ、はっと息をのんで顔を伏せた。

足音荒く三四郎の前に立った檜は、

「したくしや」

ひやっとするような冷たい声を浴びせかけた。

「と、仰せられますと？」

見上げた三四郎の顔へ、檜はわずかにくちびるをゆがめただけで返事もせぬ。

「だれぞ、この者に竹刀を貸してつかわせ」

そう言いながら、はかまのももだちを高々と取り上げる。

「みどもに、試合をせいとの仰せにござりまするか？」

与えられた竹刀を前にして、三四郎はかすかに苦笑した。

（この屋敷へ引かれてくる以上、あるいは……と覚悟はしていたが、ありがたからぬ相手だ）

檜は委細かまわず、こしもとの渡すさらしをとってはちまきをする。

「したくはよいか？」

いやおう言わせるひまもなく、竹刀をとってすっくと立ったその姿は、なにか、三四郎の胸にあなどりがたいものを感じさせた。

「よう、聞け。三四郎とやら。この勝負に敗れなば、再び生きてここを出ようと思うまい。しかと、心して立つのじゃ。よいか！」

「それは迷惑千万な……さような試合、ご辞退申しとうござりまするな」

「ええ、申すな！　いまさら、男らしゅうないことを！」

「たってと仰せあらば、いたしかたもござらぬが、もしまた、みども勝利を得ました場合はいかがなりましょうや？」

こしもとたちは意味ありげに顔を見合わせた。これまでに、この道場から、ついぞひとりとして、勝って帰った者のあったためしを聞かないからである。檜は冷ややかに薄笑いを片ほおにうかべて、男のように肩をそびやかした。

「もし、この檜が敗れたときは、このからだを、斬るなと裂くなと、好きにせい」

三四郎は、あたかも檜の冷笑に答えるがごとく、あるかなしのかすかな微笑をくちびるのあたりへ漂わせた。

無言で、刀の下緒をとってゆっくりとたすきにかける。

（好まぬ試合だ。しかし、勝てばここへ住みこむ口実が作られるかも知れぬ……）

借りた竹刀の重さをはかるように、軽く宙に二、三度振ってみてから、型どおり、

「ごめん……」

一礼して左右に分かれ立ったふたりの姿は、あくまで静かであるが、一種せいそうの気がにじみ出て、すさまじいままに一幅の絵となるべき美しさであった。

竹刀を相正眼につけて、立ったまま、ふたりの姿は微動だにしない。三四郎の顔から微笑の影が消え、しらずしらず目が鋭くかがやいてきた。

「えいっ！」

と、突如静寂をつんざいた檜の気合い。

「おーっ！」

と三四郎が応じる。

きっと結んだ檜のくちびるが、血をふくんだように赤い。短い稽古着のそでから露出した象牙のように白い二の腕が、竹刀のかげにかぎりないたくましさを思わせてかくれている。

檜も動かぬ。三四郎も動かぬ。

今こそ、相手の力量をはっきりとその竹刀の尖端(せんたん)からうかがい知ったがごとく、互いに強い驚きにうたれたのだ。

「やっ！」

檜が二、三歩、じりりっ……と横へ動いた。

しかし、三四郎は、じっと沈んで応じて来ない。

檜のひとみにいら立つような影が動いた。

ビシッ！

鉄のむちをもって石を打ったような鋭い音がした。

触れ合った竹刀は、瞬間はじかれたように左右へ飛びすさっていた。緊張のあまり、檜の額は蒼白（そうはく）に変じ、三四郎の両眼は今や火のようにらんらんと輝きはじめた。

（とにかく、女だ……）

そうあなどりすぎていた油断をしみじみと感じる。三四郎の力量をもってしても、とても軽くあしらうなどという相手ではない。

刻一刻と、鋭さをましてくる三四郎の目の光が、なによりもよく、その緊張の程度を物語っている。

また、檜は——

明らかにあせりを感じているらしい。

相手の力量に対するはげしい驚きは、自戒に変わる前に忿怒に変じて、それが、ともすれば、心の平衡に、はたんを作ろうとする。やがて、目の色にも、からだの動きにも、かくしおおせぬいらだたしさが現れてきた。いらだって振る剣の危うさを知らぬ檜ではないはずだのに。

「えいっ！」

ヒュッと大気を裂いた竹刀のうなり。しかし、それは面をそむけるばかりにすさまじかった。

わずかにかわした三四郎の肩先を、むなしく流れると見るまに、余勢を利して下からさっと払い上げる。

「えいっ！」

「えいっ！」

かわせばつけ入り、払えば斬りかえす。息つくひまもない檜の攻撃である。

その目まぐるしい太刀先に、三四郎の姿は風に吹かれる落ち葉のようにあなたこなたへ、あたかも追いまくられるがごとき危うさに見えたが、しかし、その自若たる目の鋭い輝きが、檜のようやくはずんでくる呼吸の乱れへ絶え間ない注視をそそいでいるかのようである。

「やっ」

流れた檜の竹刀の陰へ、一度沈んだ三四郎の姿が、声とともに突如噴き上がる火炎のように宙へ飛んだ。

ピシッ!

その竹刀の先端が、檜のからだのどこかへ触れた音である。檜のからだが、ぐらっと動いた。

しかし、無言で、竹刀を上段にかまえたままなにごともなかったかのように檜は立っている。

土け色に変じた額に、大粒の汗がびっしょり浮き上がっている。しんと声をのんだ道場の空気に、檜の荒い呼吸の響きが広がっていく。

「あ!」

だれか、こしもとのひとりが、かすかに声を上げた。

檜の左肩。さしこの稽古着が裂けて、いたいたしく血のにじみ出している肌がすけて見えたからである。

だが、それ以上、だれも口をきこうとはしない。

檜はすさまじい形相のまま、一歩もひかぬ勢いで強情に立ちはだかっているのだ。

「おのれッ!」

憎悪に狂ったような声であった。

もはや、尋常の争いとは思われぬ。檜の竹刀は、殺気をはらんで、術も技も無視したような捨て身の勢いで、猛然とおそいかかってきた。

「おのれッ！」

「おのれッ！」

三四郎も、思わずたじたじとなる。

檜の髪の毛はぼうぼうとほつれ乱れてきた。

幾度かその竹刀の尖端は、かすかに三四郎のこてを、肩先を、すそを、払った。

その狂暴な乱撃の中に、三四郎はよく冷然と立ちすごす。その両眼は、相手の殺気にそそられて、いよいよ鋭さを加えてきた。

「やっ！」

再び発した、三四郎の、低い、しかし胸をえぐるような気合いであった。

動いたとも見えぬ速さで、その姿は、竹刀をささげたまま、斜めに檜のかたわらをくぐり抜けていた。

「ううっ！」

檜がうめいたのである。

片手でわき腹をおさえたまま——その全身が、がくがくと大きく震えだした。とおもうと、よろよろっと二歩三歩。がっくり、床へひざをついて……

「あっ！　姫君様がッ！」

愕然として、こしもとどもが立とうとする。

おののいている檜の、片手でおさえたわき腹のあたり、白い稽古着に、さっと血がにじみ上がって来た。だが、檜は、くちびるをかみしめて、竹刀にすがりながら立ち上がった。

全く血のけがうせて、白蠟（はくろう）のような顔の色である、ただ、目だけが、血をふくばかりにつり上がって、この世のものとは思われぬ忿怒の形相だ。

「ええ、おのれッ！」

忿怒がさせるのか、執念がさせるのか、一歩も譲るまじき気魄にはったと三四郎の姿をにらみすえる。のめりそうに、

「えっ！」

これほどに、打たれ疲れて、しかもなんという闘志、すさまじい剣気であろう！

むしろ、はっとして身をかわす機を失ったかに見えた三四郎は、とっさに、反撃の一

太刀を力いっぱいたたきつけていた。

ガラッと竹刀の飛んで落ちた音。

とたん、霧のようにとんだ血しぶきが、床を、檜の稽古着を、一面にさっと赤く染めつくす。檜は前のめりにどっと倒れた。声もたてぬ。もはや、立ち上がる気配もない。

床をかきむしるように、前へ投げ出された右腕の、ひじのあたりの皮膚がさけて、血が泉のようにふき出している。

「あっ！　檜様がッ！」

「姫君さまがッ！」

こしもとの一隊がばらばらっと倒れている檜のそばへ駆け集まった。

「お気をたしかに！」

「姫君さまッ！」

檜は答えぬ。

「だれか、お医師を……」

「奥の間へお連れ申せ。はよう、手をかしてくだされ」

にわかに騒然とたち騒いでいる一方、一団のこしもとたちは、手に手に武器をとって、三四郎を追っ取りかこんでいた。

「おのれ！　大それたことをしでかして！」

「もったいなくも姫君さまを……」

「皆さま。こやつをいかがいたしましょう？　斬って捨てましょうか？」

「いやいや、ご成敗は檜様があそばされよう。とり逃がさぬよういたすことじゃ」

三四郎は黙然と立ったままでいる。

檜の悶絶した姿を見やりながら、試合の緊張からさめたその顔に、かすかな苦汁をのんだような表情がうかんでくる。

（やりすぎたであろうか？）

血にまみれて打ち伏した檜の姿を見て、三四郎はふとそう疑った。

だが、三四郎にしても、檜の必死の太刀風のもとには、手かげんを考える甘い余裕などありえなかったのがほんとうで、ただ専念剣に没し、力量いっぱいけんめいに防ぎ撃つ——そのせり合いから生じる自然の勢いが、無慈悲とも思える結末にたちいたらせてしまったのだ。

だが、いかなる理由があるにもせよ、今をときめく柳沢のまな娘に瀕死の手傷を負わせて、そのまま事がおさまるであろうか。

地下牢へ投げこまれたとき、三四郎はいまさらのごとく眉をひそめてそのことを案じたのだ。


「檜が負けたか？」

庭先で菊の苗に見入っていた保明は、はじめかすかに微笑を浮かべさえもした。

「あのじゃじゃ馬を、取ってひしぐほどの男もいたのじゃな」

そのまま、しばらくはそばにいるこしもとのことを忘れたように、はちを見つめたまま黙していたが、

「それで、怪我は？」

「お熱が高く、いまだうわごとなど口走っておいででござりまする」

「そうか？」

「お見舞いくださりましょうか？」

「ほうっておけ」

と、また菊のはちへ手を伸ばそうとしたが、急に思いかえしたように、

「いや……」

と目をあげながら、そのこしもとの顔を見て、しばらくためらったのち、ゆっくり奥庭のほうへ歩き始めた。

病室の入り口まで来たとき、保明は思わず立ちどまった。中から檜のうめき声が聞こえてきたのである。

「ううう……お、おのれッ！　太刀をとりや！　太刀を！」

その、熱にうわずったしわがれ声を耳にすると、保明はぴりっと眉をふるわせて、顔いっぱいに露骨に不安の色をただよわせながら、足早に中へ入っていった。


うとうとと眠っていたかとおもうと、また、

「おのれッ！　三四郎！」

檜はうなされたように叫んで、がばとふとんをはねのけた。

「あれ、姫君さま！」

「おからだにさわりまする」

まくらもとにつきそっていたお小夜ともうひとりのこしもとが、あわててその肩に手をかける。

「お怪我にさわりまする。さ、静かにおよりあそばしませ」

「おう、また、夢を見たか……」

と、ほっと息をついて、

「よい。もう、気分はよいのじゃ。からだの痛みも薄らいだ。案じてたもるな……」

だが、檜の顔はまだ紙のようにあお白い。少しやつれさえ見えて、その目の光にのみ、きかぬ気の鋭さがいよいよはげしさを加えている。

あの血まみれの試合があってから、もう三日たっている。しかし、檜の場合には、肉体的の手傷といっしょに、あらゆる誇りを失ってしまったという心のいたでがひどくきいたのだ。

(一介のやせ浪人に!)と、歯がみする。

(この檜が、子どものようにあしらわれて!)

夢にもうつつにも、檜の胸中を火のようにあれ狂っているのは、その忿怒であった。

「もう、気分はよい。少し、庭先など歩いてみましょう」

檜はお小夜の肩につかまって立ち上がろうとした。

「でも、姫君さま、そのようなご無理を……」

こしもとがとめようとして出した手を、重傷に寝ていた人とは思えぬはげしさで、檜はぴしっと払いのけた。

右手首と肩口とから、いたいたしいまっしろい包帯がのぞいている。そのまま、病着の上から、うちかけを羽織って、

「小夜。わらわの腰の物をとって、そなたいっしょに参ってたも……」

「は……」

お小夜は、いわれるままにまくらもとの刀掛けからこがね造りの小太刀をとって檜のあとにつき添った。縁先から庭へおり立った檜は、まだ傷がいたむのであろう、ときおり立ちどまっては深く息をして、またゆっくりと歩きだす。

「小夜」

弓場までくると、檜はなに思ったか立ちどまって、羽織っていたうちかけをぬいで、かたわらの木へかけた。

「太刀を貸しゃ」

受けとった小太刀を、静かに抜いて、軽く二、三度振ってみてから、突然、

「おのれッ！」

と、鋭く叫びざま、あずちのそばにもうけてある巻きわらめがけてはっしとばかり斬りつけた。

「あ！　ご無理がすぎまする」

「とめまい！」

ふり向いてにらんだ檜の形相に、お小夜はわなわなと身をふるわせて目をそむけた。

「おのれッ！　素浪人！　おのれッ！」

なんという執念のすさまじさである。

狂ったように振る白刃のもとに、その巻きわらは見る見るずたずたに斬りさいなまれて散っていった。

「さ、小夜……」

激しい呼吸に、よろよろっとお小夜の肩までよろめいて来た檜が、

「もう一度、あした、三四郎と試合する。今度こそは、おのれッ！　よいか、皆へ伝えい。あしたの勝負は真剣をもって争うぞ」

「えっ！」

お小夜のからだは、檜をささえたままあやうく倒れそうに動揺した。

この三日間、お小夜の心ほどちぢに乱れたものはなかったであろう。命にもかえがたく恋しい人が、手を伸ばせば届きそうなところに囹圄の苦難をなめているというのに、救い出すことはおろか、話をかわすことすらできないのである。

しかも、言いだしたらあとへはひかぬ檜が、あしたは真剣をもって再び勝負を争うと言いだしたのだ。竹刀と違って、今度こそ、負けるということは死を意味するのだ。そして、三四郎にとっては、たとえ勝負に勝ったとしても一命を全うしてこの屋敷から立ちいでうるとは思われない。

お小夜は生きたここちもなく、むだなことと知りながらも、幾度か地下牢の入り口近くまで行ってみた。

その時、お小夜は檜にすすめる薬湯を持って廊下を歩いていたが、その部屋の前までくるとなにかしらぎくっとしたように足をとめた。

廊下には淡いほかげが流れているだけで、お小夜の影法師のほかには、だれひとりいない、その静寂の中へ、ふすま越しに、ひそひそ語り合う人声が忍びやかに洩(も)れてくるのだ。

「ほんに、いい殿御ぶりではございませぬか？」

「浪人ずれがしていなくて、ふるいつきたいような男ぶりで、腕が強くて、たのもしげで……」

「まあ、いやですよ。わたしの言おうとしていることをみな言ってしまっちゃあ……」

「ほほほ……そんなに好きなら、今夜のうちによく見ておくことですよ」

「ほんに、殺してしまうのは惜しいような……」

「惜しかったら、檜様に、命ごいでもなすったら？」

「おう！　とんでもない。こわやのこわや……」

こしもとの中のだれかららしい。

「それにしても、その薬とやらは、そんなにきくのでございますかね？」

「それはもう……ほかに変わりはないが、飲んだが最後力がなえて……まあ、いわば軽い中風のようにでもなるのでしょう」

「それを飲ませて、いやがおうでも檜様に勝たせようって……お浜殿の策略ですってね？」

「先刻差し入れたお夕食の中に、その薬がまぜてあったといいますから、さだめし今ごろは……」

「わたし、せめて、首のないあのかたのからだとだけでもめおとになってみたいような……」

「ほほほ……この人はまあ！」

お小夜は、まるで突きのめされたようにそこを離れた。

（三四郎様どうしましょう！）

そんな策略まであったのか。

（どうしよう！　どうしたらお救いできるだろうか？　もう、おそすぎるのではないだろうか？　ああわたし……）

お小夜は夢遊病者のように、廊下をつき抜けて、いつか地下牢の入り口まで来てしまっていた。突然、

「だれじゃ？　そこにいるのは？」

見張りのこしもとが、詰問するように、声をかけた。

「あの……葉末殿」

お小夜のあお白い顔が、薄暗がりの中に必死の眼尻をつり上げて震えた。

「檜様の、お召し……でござりまする」

「檜様のお召し？」

葉末はちょっとけげんそうに眉をしかめた。

「はて、なんのご用であろう？」

「地下牢にとじこめてある浪人につき、なにか問いたきことがあると、さよう仰せでござりました」

「なるほど、そのご用でござりまするか？」

「なお、その間、あなたさまに代わって、わたくしに見張りをせいとおことば添えがござりました」

「それはご苦労さま……」

がてんのいったらしい葉末は、腰にさげていた鍵袋をはずすと、相棒であるもうひとりのこしもとにそれを渡して、

「では、千代殿、小夜殿。しばらくあとをお願い申しまする」

疑う様子もなく、そう言いおいてそそくさと立ち去って行った。消え細っていく足音に耳を傾けながら、お小夜は、とっさにそれだけのうそをすらすらと言ってのけたおのれの大胆さに驚くよりも、今にも三四郎が毒を口にして倒れはせぬかと、そのことばかりをおそれて、胸をしめつけられでもするような思いだった。

お千代というもうひとりのこしもとは、もとよりお小夜の意中を察し由もなく、地下牢へ通じる階段の降り口へ、役目だいじとばかり立ちはだかっているのだ。

「千代様。お疲れでございましょう?」

お小夜はさりげなくにじり寄りながら声をかける。

「ほんとうにしんきなお役目で、貧乏くじでございますよ」

「なんなら、あちらのお部屋で少しお休みあそばしたら?」

「でもねえ。なにしろ、牢の主があまり美男すぎるので、なにかと用事にかこつけては、のぞきにきたがる人があるくらい……もしものことがあったら、それこそ大変ですものねえ」

「そんなに、みなさん、のぞきになど、来るのでございますか?」

「それはもう、歌舞伎役者にでもしたいようなあの殿御ぶりですもの……」

そう言いながら、なにげなくお小夜の顔を見たその目が、ぎょっとしたように引きつって、

「あ！　小夜殿！」

だが、その時、すでに、お小夜のからだは、飛鳥のようにそでをひらめかして、そのまっこうから襲いかかってきていた。

（ううっ！）

と、当て身をくって、のどの奥でうめいたこしもとは、目を白くつりながらくたくたっとお小夜の両腕の中へ倒れかかってきた。

お小夜は、両手に受けたそのからだを、そのまま物陰まで引きずっていって横にすると、すばやくその腰から鍵袋を取りはずした。これまでのお小夜に、これほどすさまじい表情を見たことがあったろうか？

緊張にあおざめて、顔は仮面のようにこわばっている。

お小夜は走るように階段をおりていった。

行き詰まりの牢の入り口にあたる格子組みの扉があって、階段の途中にかけたあんど

んから、鈍い光線がほんのり中へ流れこんでいる。

お小夜はその格子戸にしがみついて、なつかしさとおそれとにおののきながら、思わずその人の名を呼んで、

「三四郎様！　三四郎様！」

だが、牢の中は、人けのあろうとは思われぬほど、しんと静まりかえっている。

「三四郎様！　三四郎様！」

お小夜の声は、怪しいまでに震えを帯びてきた。

その声が、中の人に聞こえぬはずはない。

（もしや？）と、不吉な恐怖がお小夜の全身を硬直させる。

「三四郎様！　お小夜でございます。三四郎様」

呼びたてながら錠まえをまさぐっているお小夜の耳に、その、凍りついたように静かであった牢の中から、なにか人の動いて立ち上がる気配が、突然聞こえて来た。と、同時に、

「ううう……」

明らかに、うめく人の声である。

一瞬、はっと息をのんで棒立ちになったお小夜は、次の瞬間、錠まえのはずれた戸口をはねのけるようにして、すそもあらわに、中へ走りこんだ。

はずみに、どっと突きあたった人影へ、

「お！　三四郎様！」

日ごろのたしなみも慎みもうち忘れたように、さっとすがりつきながら、

「小夜でございます。お小夜でございます」

「おう！　お小夜殿か……」

ほっと吐息をつくように吐き出した三四郎のその声の、なんと苦しげにしわがれていること！

すがりついたお小夜の重みにもたえかねたさまで、壁ぎわまでよろよろっとよろめいていって、あやうくそこへ身をささえた。なにか話そうとする声音が、すぐ、

「ううう……」

とたえがたいように低いうめき声に変わる。

「も、もし！　いかがあそばされました？　お苦しいのでございますか？」

「なぜか知らぬ……はげしく胸がむかつくのです。半身がしびれて……少しく、息も苦

しい……」

「あっ！　それは……」

お小夜は愕然として身をふるわせたが、たちまち正気にかえって、けなげにもその人をかばおうとするように、三四郎のからだをしっかとかかえた。

「逃げなければなりませぬ。わたくしの肩へおつかまり下さりませ。だいじょうぶでございますか？　お歩けでございますか？」

「だいじょうぶ、歩けます。しかし……」

「さ、小夜におつかまりくださりませ。あすの檜様との真剣勝負に、いやおうなくあなたさまをお負かし申すため、お食事へ、毒を盛ったのでございます。ああ！　そのお苦しみ……おそうございました。おそうございました。さ、もういっときの猶予もなりませぬ。お歩けでござりますか？」

「もしや？　と疑っていたが、はたしてそうであったか……不覚な……」

「大殿さまのあなたさまへのおにくしみは、またそのうえにはげしいと伺いました。逃げねば、あなたさまのお命の助かる道はござりませぬ」

細々ときゃしゃに見えたそのからだに、よくぞそれだけの力があったと驚くほど、お小夜は、よろめく三四郎のからだの重みを満身に受けて、歯をくいしばりながら階段を上っていくのだった。

「かたじけない。すまぬ……」

とささやくように繰りかえす三四郎へ、

「まあ！　すまぬなどと……」

水くさいことをおっしゃる三四郎様——と、お小夜はむしろうらめしげに言うのだった。その時、なにを耳にしたのか、

（あ！）と、お小夜はぎょっとした面持ちで足をとめた。

ぎょっとして立ちすくんだお小夜の耳へ、屋敷内を、ドドドド……とこっちへなだれをうって駆けつけてくる入り乱れた足音が聞こえたのだ。

「三四郎様。お聞きでござりましょう？　追っ手が迫ったらしゅうござりまする。お苦しくとも、少しお急ぎくださりませ」

「お小夜殿。みどもにかまわんで逃げて下さい。もしも、これ以上あなたの身に苦難が降りかかるようなことがあっては、みども、おわびの申しようもない」

「なにを仰せられます！」

これまでに、お小夜が三四郎に対して、これほどはげしい叱咤の声をあびせたことがあったろうか。

（ここへ置き去りにしてよいくらいなら、なんでこんな身も細るようなつらい思いを！）

三四郎を抱いたお小夜の影が、階段を上りきると、廊下を一散に走り抜けて、やがて庭先へ飛んでおりた。

胸も裂けそうに息をはずませながら、歯をくいしばって三四郎をささえていくのである。

追っ手のわめき声は、たちまち背後へ迫って来た。

「そちらじゃ！」

「植え込みの方へ逃げましたぞ！」

「逃がすまいぞ！」

けたたましいその声を耳のうしろに聞きながら、お小夜は暗い木立ちの陰をぬって走っていった。やがて、高い土塀に行きづまる。

さいわいと、暗闇にふたりの影を見失ったらしい追っ手からはよほどのへだたりはできたが、もう、どうしてもこの土塀を越えるより助かる道はないのだ。その塀の高さを見上げて、

(どうしよう?)

お小夜は肩にすがっている三四郎の重みを考えて、はたと当惑してしまった。

追っ手の網は、こちらへ向けてたちまちすぼまってくる。叫びあっているその声で、その近づく早さがわかるのだ。

(どうしよう?　せめて、三四郎様だけでも……)

お小夜は絶望に打ちひしがれながらも、必死に跳躍をくりかえして、その塀へ飛びつこうとした。

その時、不意に、——実に、不意に、

「あせるでない、あせるでない。ナンマイダア——」

塀の中からわき出てくるような声であった。

「あ!」

愕然として、しかしお小夜は奇跡の声を聞いたここち。

「あせるでないよ、お小夜さん」

土塀の上へ、向こう側からにゅっと坊主頭がつき出した。

「おっと、あぶねえ。ナンマイダア……」

「あっ！　仙海さま！」

「ありがてえ。覚えていておくんなさいましたねえ。あせるでない、あせるでない」

ゆったりと土塀の上へ馬乗りになって、

「塀の外は堀なんだ。あわてておっこちたらそれまでさ。かわいそうに、三四郎さん手足がしびれていなさるんだろう？　あったらいい男が落ちて、そのまま鯉(こい)のえさになったんでは、この坊主これから先をなにを楽しみに生きていこう？　おっとっと……こりゃあ、お小夜さん、あんたの言いなさるせりふだったかな？　はっはっは……」

こんなせとぎわにまで、どこまで落ちつきすましている男であろう、仙海は。

「お小夜さん。三四郎さん。よくまあ、大の男を、ここまでかついで逃げてきなすったねえ。豪気なもんだ。三四郎さん、しみじみありがたがってるぜ。ははは……さあ、これから、坊主のひと汗かく番か……」

黙っていれば、いつまでもむだ口をたたいている気の仙海であろう。

「仙海殿。お願いです。早く……三四郎様を……」

「おっと、がってん！　三四郎さん。しっかり手をのばして、あっしの手をつかみなせえ。かわいいお人の手のひらと違って、この坊主のは少々ごついがね」

「かたじけない……」

三四郎はしびれた半身をお小夜の肩にもたせかけながら、せいいっぱい背伸びした。土塀の上から伸びた仙海のたくましい片腕が、三四郎の片手をぐっとつかむ。

「お小夜さん。遠慮はいらねえ。三四郎さんの腰にしっかり抱きついて、押し上げておくんなさい」

見る見る引きずり上げられた三四郎のからだは、やがて仙海のこわきにささえられたまま土塀の上に影を作ってうずくまった。

「あ！　仙海殿。追っ手がこちらの気配に気づいた様子でございますよ！」

お小夜は、植え込みの中をこちらへ向けてけたたましく走り出した人影へ、油断なく目を配りながら低く叫んだ。

「なあに、せくまい、急ぐまい……」

この場にたちいたっても、その男はまだ笑う余裕をもっているのである。追っ手の位置と速さを鋭く一瞥して、

「さあ、今度はお小夜さんだ。この手へつかまったり、つかまったり」

お小夜は言われるままに仙海の片腕にすがりついて、足場をさぐりながら、けんめいに塀をよじ登っていく。

もう一息で、お小夜の片手が土塀の上へかかろうとした、そのとたんである。

お小夜の片手を、固く握っていた仙海の指先が、突然なにか異常な予感でもうけたようにぴりっと震えた。

「いけねえ！」

思わず口をついて出たことばの語尾が、いまだ消えるか消えない間に、追っ手の頭上越しに闇をつん裂いて銃声がとどろいた。

「うっ！」

仙海の声か三四郎の悲鳴か、それも知らぬ。くずれ落ちる土ほこりといっしょに、さっと霧のように散った血の臭気を頭上から浴びて、お小夜はもんどり打って大地へころがった。

ころがりながら、塀の向こう側を落ちていく人の叫び声と、それに続いて、まともに塀外の水面を打ったらしいはげしい水音とを耳にした。

「三四郎様ッ！」

瞬間、お小夜のくちびるをついて出た血を吐くような叫びがそれであった。

打った腰の痛みをこらえて立ち上がろうとしたお小夜を、ばらばらっと走り寄りざまに取り囲んだ人の影。

「あ、小夜がおりましたぞ！」

「捕らえましたぞ、不埒な女を！」

「にくい女め！」

折り重なってくる人の重みと、その打擲(ちょうちゃく)に、ともすれば、かすれて行こうとする意識の中から、

(三四郎様！　どうぞご無事で！)

胸いっぱいに、願うのはそのことただ一つ。

あわただしく駆けもどってきたこしもとのひとりが、

「塀の内外、くまなく取り調べましてござりまするが、いまだ影さえ認めることができませぬ。あるいは、水をくぐって逃げうせたかとも存ぜられまするが……」

と報告するそばから、いまだ銃口から硝煙の細く立ち昇っている小銃を片手にしてうずくまるように控えていた若侍のひとりが、

「しかし、たしかに手ごたえがござりました。ふたりのうちひとりは、必ず射とめたはずでござりまする」

と、檜の顔を見上げながら、自信ありげに言った。

それまで庭先に、月光を浴びながら黙々と立っていた檜が、その声を聞くと突然、

「たわけっ！」

若侍を叱咤した声か、それともその足もとに引きすえられているお小夜を罵倒した声か、並みいるこしもとさえ慄然として顔を伏せてしまうほどの激しさであった。

「だれが撃てと申した！　だれが殺せと申しつけたッ！」

「はっ！」

若侍は色を失って大地へひれ伏した。

「おのれッ！」

檜の肩が忿怒にわなわな震え出す。

かっと見開いた血走った両眼が足もとの敷き石の上へ引きすえられているお小夜の真向かいを矢のように射た。

「小夜ッ！」

怒声といっしょに、その右手につえつかれていた弓の折れが、ヒューと鳴ってお小夜の背へ振りおろされた。

「うっ！」

のどの奥でうめいて、お小夜はあおむけざまにのけぞったが、苦痛をこらえてはね起きると、乱れたすそをおさえて、また平然と端座した。

「しぶといッ！」

「小夜」

檜のくちびるが憎しげにつり上がる。

「…………」

「小夜ッ！」

「はい」

「そちゃ、よくもわらわを裏切ったの？　この檜に熱湯を飲ませてくれたの？」

「………」

「さ、小夜ッ！　そちゃ、なぜ三四郎を逃がしたのじゃ？」

檜の忿怒の中には、なにか嫉妬の炎のようなものが感じられる。

「神奈様は、わたくしの命の恩人にござりまする」

「さらばとて、なぜ逃がしたのじゃ？」

「尋常の勝負にござりませぬ。神奈様をだまし討ちにするはかりごとありと知って、なんで手をつかねておられましょう。毒を飲ませ、力なえた神奈様を檜様のお手に討ち果たさせようお企て、あまりと申せばごひきょうにはござりませぬか？」

あくまで清然と静かなお小夜の姿である。


「な、なにッ？　毒を盛ったと？　たわけたことを申すまい！」

檜はきっとこしもとたちの顔を見回した。

「こりゃ。皆、よもや、この檜を聞くもいまわしいひきょう者にはいたすまいの？」

こしもとたちは震えおののきながら、いっせいに顔を伏せてしまった。

「よもや……これ、浜ッ？」

「はっ……」

色を失ったそのこしもとの顔を、じっと凝視していた檜の目が、突如ぎらっと光をはなったとおもうと、その右手のつえが狂ったようにかたわらの立ち木にうなって二つに折れとんだ。

あだし情け

神田橋御門から、なだれ出てきた人影が、堀ばたをめぐって右に左に走っていく。男と女の入りまじった、そのけたたましい叫び声に、ただならぬ気配がうかがわれるのだ。

「三四郎さん。しっかりしておくんなせえよ」

三四郎を抱いて、堀ばたを神田側へはい上がった仙海は、小山のように積み置いてある小じゃりの陰へ、濡れねずみのまま、ぴったりからだを伏せている。

「この坊主、一生の失策でしたよ、三四郎さん。ああ！　またをやられていなさいますね？」

ぐったり失神したようにうなだれている三四郎のまたの傷口を指先で探ってみて、仙海は眉をよせながら手ぬぐいを裂き切った。

「出血がひでえ。かりにこうして縛っておきますが、もう、ちょっとのごしんぼうだ！」

三四郎は返事もない。毒薬が全身へ回ったためか、それとも出血のはげしいためか、黙々と小じゃりの上へ横たわってあお白い顔を、淡い月光が憂い深げに照らしている。

「ちぇっ！」

仙海が舌打ちした。

追っ手の影は、ますますその数を増して、しかもその一隊はこちらへ向かっていっせいに走り寄ってくるところだった。

ここまで来れば、見つからずに済むはずはない。といって、いまさら三四郎を抱いた仙海が、よくかれらの視野を横切ってのがれ去ることができるだろうか。

「こりゃあいけねえ」

いかなる場合にも、弱音というものをついぞ吐いたためしのない仙海が、この時ばかりは舌打ちを繰り返して、眉をしかめた。

みるみる、人影は近寄ってくる。

仙海は、眉を上げて月をにらんだ。

「ほう！　どこかで鈴虫が鳴いてやがる」

それから、ゆっくりと考え考え、濡れた着物のすそをたくし上げて、

「三四郎さん。あっしがもどってくるまで、決して動いちゃいけませんぜ」

もう、追っ手の足音も、声も、すぐそこまで迫っていた。

仙海が、突然すっと立ち上がる。

「や！　あそこに！」

追っ手の、だれかが叫んだ声である。が、それよりも早く、仙海の坊主頭は小じゃりの山をおどり越えて、大胆不敵にも、その追っ手の人数のただなかへ走り込んでいた。

「やっ！」

「あっ！」

「こいつ！」

声も影も、たちまち一つの黒いうずまきと化して、三四郎の倒れている位置とは反対の方角へ、息つく暇もない速さで動き始めた。

うずまきの中から、言いようのないたくましい敏捷さで、仙海は向こう側へ走り抜けたとおもうと、なに思ったたか、立ち止まってあざわらうように手招きをする。

追っ手は、そのやり口に手もなくつり込まれて、目もくらむばかり、かっと激怒しながら大地を踏み鳴らしてなだれかかっていった。

だれひとり、三四郎には気もつかず、そのわめき声は仙海を追って、たちまちはるかに遠ざかってしまう。

だが、仙海ともある者が、そこからほど遠からぬ町家のかどに、駕籠(かご)をとめてこっちの様子をうかがっていた一団の人影のあったことに気がつかなかったのであろうか。

「あ、あねご。あいつだ！　あいつですぜ。念仏の仙十郎てえやつは……」

震え声で駕籠の中へささやきかけたのは米五郎である。

「ふん……」

と駕籠の主が鼻で笑った。外を見るためにかかげたたれの陰から、はでな女のそでがのぞいている。

「いい男が、およしよ、震え声なんかで！」

「だって、あねご。あいつときたひにゃあ、ものすごい化け物なんでして……」

「よっぽど、疝気(せんき)の筋でもつかまれているとみえるねえ、おまえ……」

そう言いながら、白いうなじをのぞかせて、ゆらりと駕籠からおり立ったのは十六夜(いざよい)

のお銀であった。

「とは言うがねえ、あねご。仙十郎の首にゃあ百両ってえごほうびの金がかかっているんですぜ」

「なんだい。百両くらいに驚いてるのかい。あたしの指先にかけちゃあ、百両くらいは朝飯前さね」

「ちげえねえ」

「米公。見な。あそこにだれか倒れてるじゃあないか?」

「へえ?」

そのまぬけた返事を聞き流して、お銀は三四郎の方へつかつかと歩み寄って来た。

「おやおや、ずぶ濡れで……怪我(けが)をしてるんだね、このお侍さん……」

お銀はじっと三四郎を見おろしていたが、

「まあもったいないような、いい男だこと!」

「すぐあれだ。あねごと来たひにゃあ……」

「歌舞伎役者にだってありゃあしない。ほれぼれするような……」

と、吐息をつくように言ったが、

「おかわいそうにねえ。このままでおきゃあ、死んじまう。米公、ちょっと手をかしておくれよ。駕籠の中へお連れしては……」

「およしなさい、あねご。仙十郎の同類なんかにかかわりあった日にゃあ……だいいち、あねごはほれっぽくって気に入らねえ」

「なに言ってやがんだい、唐変木！　ぐずぐず言わず、駕籠ん中へ運んでいきな」

「でもねえ、あねご……」

「頼むよ、米公。にいさん。米五郎さん……」

「かなわねえなあ。あねごにゃあ……おっ！　血でぬるぬるしやあがる」

米五郎は、不承不承三四郎のからだを駕籠の中へ抱き入れた。お銀はちょっと思案していたが、

「あたしゃ、相乗りで行こう。お侍さん。少々窮屈でしょうががまんしてくださいましよ」

と、正気の人に話しかけるように言って、お銀は濡れた三四郎のからだへぴったり身をよせて乗りこんだ。

「米公。悪く思っておくれでないよ」

「ちぇっ！　あまりうれしい役回りじゃねえ」

「さあ、駕籠屋さん、やっとくれ。酒手に五両もはずもうかね」

「五両、と聞いちゃあ、へへへへ……地獄のお供でもいたしましょう」

駕籠は元気よく走りはじめた。三河町を抜けて、筋違御門（すじかいごもん）の方角へ――

しばらくいくと木戸がある。

そばの番屋から番太が首をぬっと突き出して、

「おい、その駕籠……」

と呼びとめた。

「この木戸を、駕籠で通り抜けはならねえぞ」

「ちょいと、あたしですよ」

と、お銀はたれをちょっとかかげて、笑顔を外へつき出した。

「細川様の帰りでね」

「おう。ねえさんか……」

番太とは顔なじみとみえる。

「今、神田橋のほうでなにかごたごたがあったとかで、念のため木戸をとめたんですよ」

「おや、そうですか」

お銀はそらっとぼけて、

「あたしゃあ、細川様でのあそびのできがばかによかったんで、うれしさ余ってうわのそらだったたからかしら、少しも気がつきませんでしたよ。それにしても、たびたびおそく木戸をあけさせておきのどくですね。あの……勝った心祝い。少しですけど……」

差し出した金包みを、

「やあ、こいつは……」

受け取りながら、首をすくめて番屋の奥のほうをうかがったが、声を低くして、

「どうも、毎度、すみません」

「ほほほ……そう言われるとお恥ずかしいくらい。ほんの少しですよ」

「気をつけておいでなさい。まだ、神田橋のごたごたが済まねえ様子で、あたりがうるそうござんすから……」

「ありがとう。じゃあ、駕籠のまま通しておもらい申します」

もう一度にっこり笑った愛嬌たっぷりな笑顔が中へ引っ込むと、そのまま駕籠は上

がって、開いた木戸をくぐって向こうへ消えていった。

番太はそのうしろを見送ってから木戸をしめて、小屋の前までもどって来た。

と——

その男の胸を押しもどすようにして、あかりを背いっぱいに浴びながら、油障子の間からぬっと立ち出てきた男の影がある。

「あ、親分さん……」

番太は金をもらったことをとがめられるとでも思ったのだろう、びくっとした様子で、

「お帰りですか?」

「…………」

「…………」

男は黙々として、軒下に立ったまま、今まで駕籠の降りていた大地のあたりをじっと凝視している。腕を組んだたくましい肩の影——見覚えがある、と思ったが、

「おい。あの、駕籠の女は?」

そう尋ねかえした太い声は、はたして河内屋の庄助であった。なにか用事があって、

この番屋に休んでいたものと見える。

「いい女でございましょう?」

へへへ……と番太はついしょう笑いしてみせた。

「名まえは存じませんが、たぶん、くろうと上がりの、おめかけかなにかでござんしょう。ちょくちょくと、細川様の部屋へ手なぐさみに通うらしいんで……苦労人らしい、よく気のつく女でございますよ」

「ふん……」

と言ったきり、庄助の目はじっとその地面をにらんでいる。やがて、組んだ腕をとくと、ゆっくりとそこへしゃがみこんだ。

からからにかわき上がった地面が、そこばかり水でもしたたったように黒く濡れている。庄助は十手の先をその濡れた個所に触れてから、番屋から流れ出ているほかげにかざして見た。びくっと眉がふるえる。

(血だ……)

「お時や。いそいで行ってくるんだよ」

「あの先生ときたら、とても気が長いんだから……怪我人だからすぐきてくださいってね。ぐずぐずしていたら、首へなわをつけてひっぱっておいで……」

「はいはい……」

「はい……」

声といっしょにそのくぐり戸があくと、小女の影がつまずきそうな気ぜわしさで走り出てきた。

医者でも呼びに行くのであろう。

河内屋庄助は、獲物をねらう野獣のように鋭い目で、物陰から、その気配をじっとにらんでいた。

ここは松住町の、一角にでもあたるであろうか。こいきな舟板べいに小広く庭をとりこんで、おあつらえの塀越し松に月がかかっている。

金持ちの囲い者の住まいとしても、なかなかこった構えである。

庄助は、小女の足音の消え去るのを待ってから、暗闇をはなれて、そのくぐり戸の前へ立った。

（しめた……）

押したその戸が音もなく開いたのである。

(お銀め、たいした穴を持ってやがる……)

くぐってはいった塀内の、金にあかしたこりように、庄助はちょっと驚きの目をみはりながら舌打ちした。

(獲物は予想外に大きそうだぞ……)

駕籠からしたたった血の色を見た瞬間ぴりっと緊張したかれの予感が、つけてきて、今ここにこうして立ってみると、ますます大きな期待にふくれ上がってくるのだ。

植え込みの陰から陰を伝って、灯の色の見えている母家のほうへ音もなく忍びよる庄助の姿は、なにか獲物に迫る猛獣を思わせるものがあった。

「なんて品のいい、震いつきたいようなお顔だろう!」

忍びよった庄助の耳に、まず聞こえたのはお銀の吐息をつくような嘆声であった。

茶室風の小窓があって、半開きになった障子のすきまからお銀のかがみこんだうしろ姿がわずかに見えている。

「女にほしいような長いまつげじゃないか。ねえ、米公……ああ、ああ、この人を好きなようにするしあわせ者がだれかはあるんだねえ。考えると、あたしゃ少しさみしくなってくる」

「もしえ、あねご。とかなんとかおっしゃって、こんな男とかかわり合いなんぞになってくだすっちゃあ困りますぜ」

「なにを言いやがるんだい。こんな男とはなんだい、こんな男とは⁈」

「おこっちゃいけねえ。あっしゃあ、ただ仙十郎なんかの仲間とかかわりあいになるのは、あねごのためにならねえと案じるばかりでさあ。別に悪気で言ったわけじゃあねえんです」

「おまえさんは、悪気でものの言えるほど知恵の回りはよくはあるまいさ」

「ごあいさつだね。だが、あねごと来たらほれっぽいんでかなわねえ」

「米公。やいてやがるね？」

「ちぇっ！　ものも言えねえ」

「おまえにそう邪推されると、あたしゃよけいこの人に心がひかれてくる……」

まんざら、冗談でもなさそうなお銀の吐息であった。

庄助は窓下へぴったりからだをよせて、耳を澄ませている。

（仙十郎の仲間だと？）

庄助の右手は、しらずしらずふところの十手を握りしめていた。

あわただしく迎えられた医者は、手早く手当てを済ませると、

「出血がひどいだけだ。傷そのものはたいしたことはございませんな。ごじょうぶなたちだし、すぐお歩けになれますよ」

くどくどと手当てのことなどを話していたが、口止めにお銀が、たぶんな礼金を包んだのであろう。

「これはこれは、どうも……」

しきりと礼をくりかえしながら、医者は立っていった。

「まあ、よかった！」

お銀の、ほんとに安堵したような明るい吐息であった。

「ほんとうにようございました。お苦しくはございません？」

「かたじけのうござる」

覚醒（かくせい）したらしい三四郎のかすかな声が、窓の外の庄助の耳に聞こえてきた。

「あれ！　お動きになってはだめでございますよ。ご心配はいりませぬ。ご自分のおう

ちと心得て、お心安くおいでくださいまし」

「なにやら夢中にて、なにも記憶いたしておりませぬが……」

「神田橋近くの、お堀ばたに倒れておいでだったのでございます」

「して……みどものほかに……いや、みどもはただひとりで倒れていたのでござろうか？」

おそらく、三四郎の尋ねようとしたのは、お小夜の安否であったろう。しかし、お銀はそこまで察するはずもなく、

「とお尋ねのおかたは、もしや、念仏の親方さんのことではございませんか？」

庄助は思わず窓ぎわまで背のびして、一語も聞きもらすまいと全身を耳にする。

「いや……」

三四郎はなにげなく打ち消したが、さすがに言いかねたようにそのまま口をつぐんでしまった。

「とおっしゃると、ほかにまだお連れがおありだったのでございますか？」

それには答えず三四郎はしばらく黙っていたが、やがて低い声でとぎれとぎれに、

「こうしておかくまいくださってご迷惑にはなりませぬか？　みども、お察しのごと

く、たしかに柳沢殿の屋敷からのがれてまいった者――みずからはやましいところはないつもりだが、しかし、こうしてお世話にあずかって、もしもご迷惑でもかかってはと、それを案じるのでござる」

「ほほほ……そんなお心遣いはいらぬものでございます。なにがお世話申して迷惑なことがございましょう。そのかわり、かえってあなたさまにご迷惑をおかけするかも知れませぬよ。お怪我がなおっても、なかなかここからはお出し申しませぬ。よろしゅうございます?」

お銀の声はねっとりと熱を帯びて甘かった。

庄助はじりっとも動かず耳を澄ましている。

(こりゃあ、容易ならねえ獲物だ)

立ち聞いた話の内容から、念仏の仙十郎と柳沢邸とを結びつけて、その鋭い六感がおおかた事件の輪郭を察知したらしい。その右手は十手を握ったたますでに腰のあたりへ構えられている。

(踏んごもうか?)

空をにらんだ目の光が、しかしその時、なにか衝撃をうけたように、はげしい殺気を含んでぎらっとふり向いた。

こつぜんと、地からわき上がったように、子どものように背の低い男が立っていた。

一間とは離れていない八つ手の陰に——

「これはようこそ……河内屋の親分さんでいらっしゃいましたな？」

と、妙に重苦しいしわがれ声で言って、にやり……

ひどい猫背のうえに、顔がやけどで猿のように醜くゆがんでいる。

一瞬、さすがの庄助も、慄然とからだを硬直させた。

「どうも気のきかねえやつらばかりで、だいぶお待たせ申した様子でございますね。ほう！　ひでえ藪蚊だ。へへへ……」

「だれかと思やあ、銅座の赤吉さんだったね？」

「こりゃあまあ、よくぞお見知りおきくださいました。ありがたいことで、へい……」

（こいつ、人をばかにした口をききゃあがる？）

庄助はむっとしながら、さすが世なれたおかっぴきらしく、表情も姿もいつか冷然と平静をよそおっていた。

（すると、この赤吉とお銀とのつながりは？）

油断のない鋭い一瞥を浴びせながら、ものものしく右手に握っている十手をふところへしまって、相手に負けぬ人をくった態度で、かたわらの捨て石へのそりと腰をかける。腰から取った莨入れを、スポンと音をたてて抜きながら、

「ちょっと、火をお借りしてえのだが……」

「へへへ……いやはや、たいしたごかんろくでいらっしゃいます」

赤吉はまるで赤子でもあしらっているような不敵な目つきで庄助を見た。

「火なら……さあさ、ご遠慮なくお使いなさいまし」

赤吉が差し出す火打ち袋をぐっとにらんだ庄助の目に、なにかいらいらしたものが浮かんできた。

（やろう！）

しらぬ間に冷静を失って、その顔がけわしくとがってくる。火打ち袋を払いのけるようにしてぬっと立ち上がると、

「赤吉つぁん。御用の筋だ。すなおにしなせえよ」

「すなおにしろ？……へへへ……こりゃあごもっともな仰せで。だが、まさかこのじじいを、おくどきんなるんじゃござんすまいな」

相手を名高い御用聞、河内屋の庄助と知って、しかもこの男はひと言ひと言にあざわらうようにへへへ……と、いやな笑い声をまぜるのだ。

「じゃ？　煙管をおしまいで？　するともう、火打ち袋のご用はございませんか？」

「赤吉つぁん。訊くが、この家の主はだれなんだ？」

　庄助の顔は怒気を含んでいる。

「お銀と申すやんちゃ娘の住まいでございましてな？」

「おまえさんとお銀とのつながりは？」

「おう！　よくぞお尋ねくださいました。聞かれるだけでも、わしは楽しい気がしますんで……お銀は本当に素直な娘でして、いわばまあ、わしと茶飲み友だちとでも……」

「なに言ってるんだい、もそもそと……」

　窓の障子があいて、突然お銀の声が降ってきた。

「へん！　茶飲み友だちだって？　お笑わせでないよ。断っておくが、銅座のだんなとあたしとは、これんばかりも妙な関係はないんですからね」

「おやおや、今夜にかぎって、ばかにつけつけ身もふたもない言い方をするじゃあないか？　え、お銀……」

赤吉はそう言いながらにやにや笑っている。

「わしが来たのにさえ気がつかず、いくら呼んでも返事がないので、裏から回ってみると、おきのどくにも、だんなは蚊にくわれほうだいで……」

「お銀！」

赤吉の饒舌を押しのけるように叫んだ庄助の目は刺すように鋭かった。

「取り調べの筋がある。騒ぐな」

「河内屋のだんな。お久しぶり……用がおありなら、ご遠慮なしに上がっていらっしゃればいいのにさ」

庄助は無言で、ひらりと縁先へおどり上がっていた。

かた寄せたあんどんの陰に、貧血した蒼白な三四郎が、まだうとうとと目を閉じている。お銀はそのまくらもとへ、寸歩も動くまじき気配を見せてすわっている。

「まあ、おっかない顔をなすって、いやですよだんな……この間、銭鬼灯の居どころをわざわざ知らせてあげた親切者のこのお銀を、まさかいじめにおいでんなったんじゃあござんすまいね？」

庄助は立ったまま、お銀の肩ごしに三四郎の寝姿をじろっと見やった。

「それもある。その節のことについても、言いてえことはあるんだ、お銀。しかし、今夜はそのことに触れずにおこう。それから、そこに縮んでいる三下やろう！」

「へ……」

部屋のかたすみから、猫にみいられた鼠のように米五郎がおそるおそる首をさしのべた。

「てめえには大きな貸しがあったのう」

「と、とんでもねえ。覚えのねえこってす！」

「やかましいやい！　猫使い神明のお兼の飼い猫を絞めあげたいきさつを、よも知らねえとはぬかせめえ？　ご当節、猫一匹の命は、てめえっちの命よりも大切なんだぞ」

「とんでもねえ。あねご、銅座のだんな。なんとか言っておくんなせえよ」

「河内屋さん、その話の続きは、わしにしゃべらせていただきましょう」

赤吉のひっつれ顔が、またあかりの中へせせり出てきた。

「お兼の飼い猫――あのまっくろな烏猫（からすねこ）なら、たしかにその米五郎めが絞め殺したにちがいございませんよ」

「ひえっ！」

　と、ぎょうてんした米五郎の悲鳴。

「だが、河内屋さん。それを米五郎に言いつけたのはこのわしです。このわしですよ。河内屋さん」

　にやにやっと目を細くして笑ったとおもうと、

「おやおや、十手をお出しになりましたね？　まさか、この哀れなじじいをたたこうとなさるんじゃござんすまいね？」

「おい、銅座の！　いい度胸だ。聞かなきゃ知らねえふりをしてお目こぼしに済ましてやれることも、ぬけぬけとつらへつばを吐きかけるようにぬかされたんじゃ、十手の手まえ、黙って見すごすことはならねえんだ！」

「へへへ……おもしろい。いいせりふじゃの。すごみがありますよ。さすが、河内屋さんだ。では、ひとつ、この哀れなじじいになわを打ちなさるか？」

　なにげなくくるりと向けた背——引きずりそうにだらりと着ていた夏羽織に、くっきりと白く葵（あおい）の紋が……

「あっ！　葵のご紋だ……」

　庄助は押されたように思わず、一、二尺あとへにじりさがって、その紋どころへうろんげに、まじまじと視線を注いでいる。

「おやおやどうなされた？　ご遠慮はいらぬに……まさか、わしの背中から後光がさすのでもございますまい？　さあさ、河内屋さん。とせきたてたが、待てしばし……この羽織にだけはめったに指など触れてはくださるまいぞ。ご覧のとおり、ご紋のついたとうとい拝領の品でしての。うかつによごせば、あんたの首が、それ……と、このへんのこと、ご注意するまでもないことで……もったいなくも厳有院様（四代将軍家綱）わずかなお手もと金の献上をお嘉納くださいまして、お手ずからくだされたのがこのお羽織でございますよ。へへへ……けっこうなくだされものじゃ。使いようによっては、それ、河内屋の親分さんでさえ顔色を変えて拝んでくださる。へへへ……おこっちゃいけねえ。短気は損気ってね……まあさ、ついでに十手をおしまいなさい」

がさがさのしわがれ声のくせに、ぺらぺらとよく回る舌である。庄助の額には太い静脈が盛り上がっていた。忿怒にくちびるがふるえている。しかし、じっとこらえて、とうとうなにも言わなかった。

赤吉という男の、底しれぬ恐ろしさをうすうすは感づいて、そのわなにおちることを警戒したのであろう。

浪速の銅屋で手代をやっていた、ということが赤吉の世間へ知られた素姓のすべてであった。やがて銅座の赤吉と名のって江戸へ姿を現したころには、既に巨万の富をつかんでいたという。いずれ、不正をはたらいて得た金であろう。いや、その後もかれの動くところには必ず暗い影がつきまとって、とにかくいやな世評を生んでいるが、あらゆる方面へばらまかれた金の威力がすべてを闇へ封じこんだかして、ついぞその悪評を証拠だてるような事実は、表へあらわれてはこなかった。けだし、警戒すべきなぞの男には相違ない。

「河内屋さん、十手をおしまいんなりましたね。するとこのじじいをいたぶることはあきらめじゃの？　いや、けっこうけっこう……」

赤吉は上機嫌にしゃべりつづける。

「ところで、さっきのお兼の黒猫の話だが……二匹いたはずで——ご存じでございましょうな？　殺した一匹と、生きてるもう一匹、二匹ともあれっきりゆくえが知れないんでございますよ。庄助さん、お顔の広いあんたに、ひとつお力添え願おうかな。一匹二十両で引き取りますよ。いや、居場所をお知らせくださるだけでもけっこうですて……」

まんざら冗談でもなさそうな赤吉の口っぷりである。

「赤吉つぁん」

庄助の沈んだ顔色に、目だけが妙に光っている。

「お銀も米五郎も、今夜のところはあんたに預けておきましょう。いずれ改めてごあいさつには出向くつもりだ。そして、そこにいる浪人者だけを、ほねおり賃にもらってゆこうか。文句はねえだろう？」

「おうおう。なんの文句があるものか。お連れなさるがいい」

「なにをかってな相談してるんだよ、おまえさんたち……」

お銀が眉をつり上げてにじり出てきた。

「このかたをどうするってんだよ。こんな重い怪我人を……」

「さあさ、お連れなさいまし。河内屋さん……」

赤吉はにやりにやり笑っている。

「この怪我人を、ひっぱっていけるつもりなのかい？　情け知らずの横車もいいかげんにおしなね」

お銀はいつもに似げなく、ふたりの顔をにらんでむきになった。

「なあに、河内屋さん。お銀はああ言っていますが、ご遠慮なくお連れくださいまし。動けない怪我人なら、駕籠をよんでさしあげましょう」

「おい。銅座の。赤公、どうやらあたしゃおまえを見そこなっていたようだね。あたしを売る気かい？　おもしろいや。このおかたに指一本でもさわってごらん！」

「……と、あのようにむきになる。年をとるとどうも疑い深くなりましてな。いや、やけるんですよ、河内屋さん。お笑いくださいまし。金をかけた情婦を寝取られそうな気がしましてね。さあさ、早いとこ、連れてっておくんなさい。わしも助かります」

赤吉は引っつれたほおを、平手でなで回しながら、またにやっと笑う。

「お銀！」

庄助は詰め寄るようにお銀の前へ立ちふさがった。

「おとなしくこいつを渡すんだな。じたばたするときさまへのお慈悲もそれまでだぞ」

「たいそうなお慈悲じゃないか。へん！　なにを言ってやがるんだい！」

お銀は負けずに肩をそびやかした。そのまっこうからのしかかるように、

「どけッ！」

「あっ！　畜生ッ！」

お銀は胸をつかれてよろめいたが、同時に、

「うっ!」とのどの奥で叫んだ庄助が、よろめいていくお銀のあとを追いかけるように二、三歩前へ泳いだとみると、そのままぐたっと二つに折れて、のめり伏した。

「へへへへ……」

そり身になって赤吉が笑っている。

「心配するなよ、お銀。当て身だ。こうしてみると、わしの腕力もまだまだだの」

足もとに悶絶したままじっと動かない庄助の姿を見おろしながら、お銀はいささかぼうぜんとした。

三四郎を売るかのそぶりを見せた赤吉が、たちまち豹変して、その相手を倒したのである。ただへらへら笑ってばかりいて、心の底を見透かせない無気味な男である。

「どうもわしは女に甘くていかん。ことに、お銀、おまえに対してはの。その奇麗な目で哀れっぽくじっと見つめられたりすると、もう、それこのとおりだ。どうだ。この親切を少しはかってくれてもよかろうが?」

「ああ買いますよ。買いますとも。いざとなれば、やっぱり仲間はうれしいねえ。恩にきる、力になっておくれよ、おまえさん」

「と言ったことばのはずみで、どうだ、お銀？」

突然、赤吉の腕が年寄りらしからぬ敏捷さでさっと伸びて、お銀の手首をつかんでいた。

「あっ！　なにをするのさ！」

お銀は、引き寄せられる身をもがきながら、

「ちょっと甘い顔を見せりゃあ、つけ上がってすぐそんな目つきをする！」

「今夜あたりこそ、耳寄りな返事の聞かれるころではなかったかな？　金を絞るばかりが能ではあるまい。あまり年寄りに気をもませてくれるな、お銀」

「いやだよ。お放しったら！　あっ！　畜生……見そこなうない、いろ気違い！」

「これこれ、そうあばれるな」

猿のように醜くしなびた赤吉の顔が、相変わらずにやにや歯をむいて、お銀の白いうなじのすぐそばにある。その腕の中に必死にもがいているお銀の姿は、まるで風にもまれる緋牡丹（ひぼたん）のようであった。

「およしったら！　小便臭い娘っ子とは違うんだよ。てごめにあって、はいさようですかって……だれが畜生ッ！　殺されたって自由になってやるもんか！　あたしゃ二十二

の春まで男断ちの願をかけてるんだよ」

「なんだ？　男断ちの願だと？」

赤吉は小ばかにしたように鼻の頭へしわをよせて、

「そりゃ、ほんとうか？」

「だれがうそをつくものか……」

「そいつはおもしろい。と聞いた以上、わしも男だ。おまえをくどくなあ、りっぱにやめようよ。そのかわり……」

と言いながら、お銀の手首をつかんでいた指先にぐっと力が入る。

「あっつつっ……痛いよ。痛いったら！」

「そのかわり、りっぱに男を断ってみせるだろうな？　どんな相手でも？　たとえば、それ、そこに寝ている……」

「え？」

「おい！」

突然、赤吉の顔から笑いの影が消えて、赤く濁った両眼が野獣のようにぎらっと光った。

「てめえ、もしそのことばを裏切って、願あけ前にしゃれたまねでもしてみろ。相手の男ぐるみ、てめえの生身に、この赤吉のすごいやり口を味わわせてやるからそう思え。甘く見るなよ」

「ああいいとも！　あたしは十六夜のお銀だからね」

「言ったな。ははは……そう聞いてわしも安心した」

がらっと人をくった笑い顔に変わって、抱いていたお銀のからだをぽんと突きやった。はずみをくって、三四郎のからだのそばまでよろけて行ったお銀へ、

「おっとっと……言ってるそばから、わしの目の前でそんな男に抱きついたりしたら承知しないぞ」

「くどいね、おまえさん」

お銀は乱れたえもんをつくろいながら、いまいましげに赤吉の顔をにらみつけた。

「そう邪険ににらみなさるな。どさくさまぎれに忘れていたが、実を言うと、今夜はせんだっての闘花蝶の一件でやってきたのさ」

「そんな話、聞きたくないね」

「ばかにすげない見かぎりようじゃないか。筑紫屋一味をうまうまとわなにおとして、

江戸城のご普請はてっきりこちらへころげこむものとそろばんをはじいていたのが案に相違、乾元大宝の髑髏銭が偽作とばれて万事休すさ。柳沢の殿様もなかなかくえないお人だね。で、その善後策だが、ここでひとつ、おまえのすご腕によりをかけて、いろ仕掛けの一幕を書こうって相談なんだが、どうだろう?」

「ああ、いやだいやだ。そんな話、聞いただけで頭痛がするよ」

「とは、ばかに手きびしいじゃないか。きのうまであんなに乗り気になっていた仕事を……まあ、いいさ、またご機嫌を見はからって出直すとしよう、だが、くれぐれも念をおしとくが、二十二の春まで男断ちの願がかかっていたんだっけな。へへへへ……」

赤吉は三四郎の方へながし目をくれて、ことさらいやらしく笑ってみせた。

「あねご、ここへのびてる庄助のやろうをどうしやしょう?」

お銀の不機嫌にはらはらしながら、米五郎が言った。

「じゃまだったら殺しておしまいな」

「えっ?」

「なにを震えているんだい。やっちまう度胸がないなら、ふん縛って押入れへでもほうり込んどきゃいいじゃないか」

「へい……」

「ちぇっ！　気のきかない唐変木だよ。押入れをそうじする暇があったら、裏の物置きへでもかついでいきゃあいいじゃないか」

「いやんなっちまうなあ、あねごときたら。どうしたらいいんだか、さっぱりわかりゃしねえ」

米五郎はぼやきながら、庄助のからだをかついで出ていった。あとには物思いに沈んだお銀ひとり——

（赤吉のやつに、いやな口裏をとられてしまった。そりゃあ、男を断ったといったって、時と相手によっちゃねえ）

三四郎は出血のはげしかったうえに、飲んだ麻酔薬がきいてきたのだろう、さっきから深い眠りにおちたまま、まださめない。貧血したあおじろい顔。それだけに、かえって端麗な目鼻だちが美しくはえてさえ見える。

（まだお名まえさえ知りゃあしない。それだのにあたしという女は……）

そこへ、

「あねごあねご！」

と、米五郎があわただしく走りこんできた。

「大きな声を出してびっくりするじゃないか」

「びっくりしておくんなさいよ、あねご。たいへんなことになっちまった」

「どうしたんだい？」

「手が回った！」

「えっ！」

と、お銀もおもわず腰をうかせた。

「でも、おかしいじゃないか」

「おかしくっても、おかしくなくっても、もういけねえ。塀の外を三、四人――いや、五、六人もいやしょうか。うろうろしている気配をかいだんで、様子を見ると、ぴかぴか光ってるんだ、十手が……」

お銀は庭先までそっと降りていったが、

「なるほど、二、三匹動いていやがる。庄助のやつ、お供をそこらへまいときゃあがったんだね」

「それにちげえねえ。どうしやしょう？」

「米公。駕籠だッ！　駕籠を呼んできな。このおかたをお乗せするんだよ。ぐずぐずしていられるかい。こうなったら逃げの一手さ」

「おう！　ちげえねえ」

こうしたことには手なれた米五郎、勢いよく飛び出していったとおもうと、警戒の人目をどうごまかしたものか、駕籠を一挺庭先まで連れこんで来た。

「さあ、このおかたの足を持っておくれ」

「おいきた」

「そんなに乱暴に持つやつがあるかい」

「へいへい。がらっ八で申しわけございません」

三四郎を駕籠へ抱きこむと、お銀は駕籠屋の鼻先へ小判を三枚ぬっとつき出した。

「やっとくれ、静かにだよ」

かたわらから米五郎が、

「あねご、道行きにゃあおあつらえ向きの、月夜ですね」

「ばかやろう！」

夢魔

迷い猫ご詮議の事。

一、芝神明金子店(かねこだな)芸人兼の飼い猫、月のはじめころより生死あい知れざるところ、ご憐憫(れんびん)をもってゆくえご詮議にあいなるものなり

一、右は雌雄二匹、ともに全身黒毛にして尾長く目は金色なり

一、生死にかかわらず、右のゆくえ居どころお届けに及びたる者、また持参にあいなりたる者、ともに厚くご賞美あるべし

一、ゆくえを知りてお届けに及ばざる者は重きおとがめあるべく、みだりに飼い近づけ私(わたくし)する者また同断

月　日　　寺社奉行

浅草橋見附前にそういう高札が立ったのはおとといのことであった。かりにも寺社奉行ともある者が、犬猫の詮議にものものしく乗り出してきて高札まで立てるというのは、いささか笑止の沙汰とも思えるが、人間の命よりも犬猫のご機嫌のほうが高くかわれるご当節であってみれば、それもさまで不思議なものには思われないかもしれない。

が、その高札が人目をひいたのは——

第一に、猫使いお兼の名が広く江戸じゅうへ売れていたこと、それに、

「……大きな声じゃあ言えないが、このお兼の飼い猫というやつに、なにかいわくがあるんじゃありませんかね？」

その前へ集まった人たちが、ひそひそとささやきあっている。

「なんでも、聞くところによると、銅座(あかざ)の赤吉さん……ご存じでしょう、万両分限の赤吉さんですよ。あのかたのところで、お兼の猫二匹を二十両で買いとるってうわさがたってるじゃあありませんか」

「はて、それは初耳だが……そういえば、この高札ですね……」

そう言いながら、用心深くあたりを見回して、

「寺社奉行、とお奉行さまのお名で出ているが、実をいうと、柳沢のお殿さまがその猫

をほしがっていらっしゃるんだってことですがね。いや、人に聞いた話なんだが……」

「いずれにしても、こりゃあ、弁当持ちで捜しに出ても、けっこう日当になる仕事じゃあありませんか？」

「なにしろ、あまり話がうますぎるから、ことによると、夜中にあんどんの油をぺろぺろなめるという化け猫なんじゃありませんかね？」

「なあに、化け猫なら、因果をふくめて見せ物に出しますさ。そのほうが金になりそうだ」

「はっはっは……あなたのような化け物使いの荒いお人にあっちゃあかなわない」

声を合わせて笑っているその人たちのうしろから、

「もし……」

と、だしぬけに声をかけた男があった。見ると、米五郎である。なりが堅気でないうえに、ほおに古い傷跡があるし、目つきが鋭い。それで、声をかけられた人たちはひやっとしたように口をつぐんだ。

「もし……お話の様子じゃあ、猫がどうかしたとかって……なんですかえ、あの高札になにか猫のことでも？」

相手がいつまでもこわばった顔をして黙っているので、米五郎はがらにもなくちょっとてれくさそうに、

「どうも、あっしゃあ唐（から）の文字と鮪（まぐろ）のぬたが、生まれつき苦手なんでして……なんと書いてあるんでござんしょうなあ、あの高札は？」

満身に柳の影を浴びてその侍は立っていた。

背の高い、枯れ木のようにやせたからだに、幾度か水をくぐったらしいかたびらをまとって、ゆるくうしろに組んだ手首から、つえにつくらしい弓の折れをさげている。病人のようにあお白くほお骨の高まった顔に、右目はもう全くめしいているのだろう。左目だけがわずかに細く開いている。よく見れば、実に印象的なふうぼうなのであるが、実際にはそこに立ったかれの存在に、ほとんど気のつく者がないほどである。それほど――色もなく息さえない、いわば透明な影法師のようにその姿は感じられるのだ。

一昨日、高札がたってから、この堀ばたへしばしば姿を現して、こうして立っているのだが、見附の役人でさえ、気づいてとがめだてする様子もなかった。

その男のたたずんでいる位置から、その高札のところまで六、七間の距離がある。ちょうどえさに集まるさかなのように、通行人がその前へ寄っては散り、集まっては去っていく。

その男の左目は、糸のように細く開いて、去就する群衆の背へじっとくぎづけになっていた。その時である。米五郎が人がきのうしろへ寄って来たのは——

男の視線は、米五郎の姿に触れると、ねらっている銃の照星のただなかへ獲物が飛込んできたときの猟師のように、またたきもなく息を殺した。

「へえ……その黒猫のゆくえを、お上でご詮議なさるってわけですね？」

米五郎は、隣の人が読み上げる高札の文句を聞いているうちに、しだいに額を白じませてきて、ついには、いたたまれぬようにこそこそと人がきをはなれて歩きだしていた。

(いけねえいけねえ。いよいよお倉へ火がつきそうだ)

米五郎が歩きだすと、柳の陰から、その男もいつとはなしに動きだす。

大またに、ゆっくりと、こころもちうつ向きかげんに一歩一歩を踏んでいくそのうしろ姿——おお、動く肩先に見覚えがあると思ったも道理、ずきんこそなけれ銭鬼灯その人にほかならない。

日は中天にあって、街は白々とかわき上がっていた。

かげろうのぎらぎらと立ちのぼるかなたを、米五郎は逃げるように真一文字に足を急がせていた。そのあとから、一定の間隔をおいて、銭鬼灯の雪駄の音がつづいていく。どこまでもしつように、忍耐強く……

阿部川町までくると、米五郎はちょっと立ちどまって考えてから、かたわらの横丁へ曲がっていった。

そこの、町医者らしい構えの門をくぐると、

「ごめんくだせえ、先生……」

玄関に立って声高に叫んでいるのが聞こえてきた。

「先生。ちょっと、江戸向こうまで使いに出ましたんで、およりしました。黒いほうの塗り薬を頂戴してまいりましょう。おかげさまで、怪我人はだいぶよろしいようなんで、あねごも大喜び……あっしもまもなく薬もらいの大役がごめんになるので大喜び……早くなおりすぎてお困りなのは先生ばかり……へへへへ……こりゃ冗談。先生にぜひ今夜かあした、お見舞いくだせえますようにって、あねごのおことづけでさあ、あね

ごときたら、もうあの男のことっていうと、おい米公、やい米公って、人使いまでまるで違っちゃうんだから……じゃあ、お頼ん申しましたぜ」

薬包みをさげて出てきた米五郎は、門のわきにしゃがみこんで、雪駄の緒を直している侍のうしろ姿をちらりと見かけたが、なにも気がつかず歩きだした。

紫色に立ち昇るかげろうをにらんで、銭鬼灯の姿はまるで行きずりの人のようにさりげなく動いていた。ただ、細く見開いた左目だけが、まばたきすらせずくい入るように前を行く獲物の影をにらんでいるのである。

米五郎はまだそれに気がつかない。

阿部川町から下谷(したや)へ出て——

このあたりは、蟬(せみ)しぐれの中に寺院の白壁が次から次へうねうねと続いていた。そこを抜ければ、やがて入谷(いりや)であろう。

突然、塀越しに吹きおろしてきた突風にもうもうと立ち上がった砂塵(さじん)の中を、米五郎はそでで口をおおいながら角を曲がった。

とたん、

銭鬼灯の足がやにわに速くなる。

「やあ！　おじちゃんだ。おじちゃん、おじちゃん！」

と、子どもの声がだしぬけに聞こえてきた。

「おじちゃんたら……ねむねむのおじちゃーん……」

その声を耳にすると、銭鬼灯はがくっと足をとめて、思わずそのほうをふり向いていた。大きく土塀の破れた個所があって、そこから荒れはてた庭園が見えている。

「ねむねむのおじちゃん、蟬とっとくれよ」

苔（こけ）むした大きな置き石の上へ、三、四人の子どもが登って、もちざおをもったひとりが、さらにひとりの肩を足場に、見上げるような松の梢（こずえ）へ向かってせいいっぱい手をのばしている。

「とどかないんだよ。ねえ、とっとくれよ」

子どもたちはもっともらしく声を殺して、銭鬼灯を友だち扱いに親しげに呼びかけるのだ。

その子どもたちの姿を認めたとき、銭鬼灯の冷酷そのもののように鋭い隻眼に、ほんの一瞬ではあるが、まるで微笑したのではないかと思われるような明るい優しい光がきらめいた。

「ようったらよう、おじちゃん！」

仲間になって遊んでくれることを予期しきっているような声である。銭鬼灯は微笑しながら手をふって、

「だめだめ。きょうはご用で忙しいのだ」

「あんなこと言ってらあ。一匹でいいんだ。ほら！　あんなに鳴いてるよ」

「またあした、遊ぼうの」

振り切るように言って銭鬼灯は歩きだしていた。

「あしたまで蟬が待ってるもんかい」

そのあくたれ文句も、もうかれの耳にはいらなかったであろう。

「南無三、米五郎め！」

おくれた距離を取りもどそうとするように、眉をつり上げて走り出す。が、五、六歩と行かずして——

「あっ！」

と、けたたましい子どもの悲鳴。

「健ちゃんが！　健ちゃんが！」

がく！　としてつま先立ちに立ちどまった銭鬼灯が、

「なに？　健坊が？」

「おっこったあ！　池ん中へおっこったんだよう！」

人を斬るときにさえ、この男にこんな真剣な表情があったろうか。さっと一息に土塀のくずれめをおどりこえて、そのいわおの根かたにある古池のそばに走りよる。

子どもはすでに手足をあがきながら沈みかけていた。

同時に、池の水はあおい飛沫をあげながら、銭鬼灯の白かたびらをのみこんだ。

「健や、健坊や！　おまえ、無事だったのかい！」

子どもたちの注進によって、髪振り乱して駆けつけて来た母親が、

「まあ！　だんなさま、ありがとうございました、ありがとうございました」

と、子どもを抱いている銭鬼灯へ手を合わせて礼を言った。

「ここまで抱いてきたのだ。ついでにお宅までお連れしよう。のう、健坊……」

子どもはあおい顔をしながら、おびえたように銭鬼灯にしがみついていた。ふたりとも全身ずぶ濡れで、肩やえりに水藻が一面についている。

朽ちたみぞ板をふんで、日もささぬ貧しい裏長屋の軒をくぐる。母親の手に渡ると、

子どもは急に声をあげて泣き出した。

「これこれ、健坊。もう泣かぬ約束ではないか。泣くと、凧をこさえてやらぬぞ、いいか?」

銭鬼灯は上がりがまちへ腰をおろして、子どもの頭をなでてやる。

「まあ、だんな様。お着物が……」

母親ははじめて気がついたように、濡れしょびれた銭鬼灯の衣類へ申しわけなさそうに視線をやった。

「どうぞ、お着替えなさいましたら。わたしにお洗たくさせてくださいまし。あとで、お宅さまへいただきにあがりますから……」

「さようか。それはきのどくだな。ひとつ、おことばに甘えてお頼みしようか」

そばから、

「おじちゃん。おいら、もう泣かないよ。凧こしらえておくれね」

「うむ、よしよし。約束した」

家の軒下に目白おしになって中をのぞきこんでいた子どもたちが、

「おじちゃん。おいらにも凧こしらえておくんなよ」

「なに？　おまえたちもだと？　そんなに作らされてはたいへんだ」

「だって、健ちゃんばっかりこさえてもらって、つまんねえや。よう、ねむねむのおじちゃん。こさえておくれよう」

「やれやれ、これはよわったたな」

「こさえてくんなきゃ、もう遊んでやんねえぞ、ねえみんな」

「こいつめ、遊んでやらぬと言いおる。ははは……しかたがない。では、皆に一つずつ作ってやるか……」

「ありがてえな」

「約束したよ」

「おいらは字凧だ」

「おいらは絵だい。ねえ、おじちゃん。おじちゃん、金時(きんとき)の絵かけるだろう？」

「かけるとも、かけるとも」

「おじちゃん凧作りの名人だってね！」

「ははは……凧作りの名人か？　それはいいが、こりゃあ当分凧屋にならねばならんのう」

「ほんに、だんなさまは……」

と、子どもの母親はしみじみ、

「子どもがお好きでいらっしゃいますね。近所でだれもおうわさ申しております。子どもが好きなような人に悪人はないとやら申しますが、ほんとうにうまいことを申したもんで……」

それまで子どもたちの世界に没入しきっていたかのように見えた銭鬼灯は、そのことばにふれると突然苦汁をのんだように眉をしかめて立ち上がった。

入相のころ阿部川町を出た駕籠（かご）が入谷のたんぼにさしかかるころには、西の空からあかね色の雲も影を消して、あたりはとっぷりと暮れはてていた。

入谷も上野山下（うえのやました）寄り、たんぼの中へ半島のようにつき出して森のしげった寺がある。その境内の一隅に、簡素な竹がきでかこった、もとは和尚の隠居住まいにでも使われたらしい建物が見えている。駕籠はその竹がきをはいって、玄関前へ横着けになった。

「あら、先生？」

待ちかねたように言って、お銀の白い顔が外をのぞく。

「おそうござんしたねえ。あたしゃ待ちくたびれて気が気じゃなかった」

駕籠から立ち出た医者は、薬籠をさげて、忙しい言いわけをひと言ふた言口にしながら中へはいっていった。

あとは、空駕籠と、煙管をくわえてそれにもたれかかった駕籠かきがふたり。

「いつ拝んでもあだっぽい女じゃねえか？　抹香くさいこんなところにおくなあ、もったいねえやな」

と、奥のほうをあごでしゃくって低い声。

「金っぽなれがいいからほめるってわけじゃねえが、どこの盛り場をたたいたって、あんなのはめったにねえだろう」

「このへんは化け狐の名所だっていうが、あんな女に化けて出るんなら、こいつまんざらでもねえなあ」

と言いもおわらず、なにを見たのか、

「ひぇっ」

と、のどの奥をひっ詰まらせて、やにわに相棒の腕へすがりついた。

「み、み、見たか？」

「なんだ、なんだ?」

「今、そこを……」

「えっ?」

「なんだか、黒い人間の影法師みてえなもんが、ふわっと動いていったろう?」

「おどかすねえ」

と、その男も冷や汗をぬぐって、

「なにも通りゃしねえよッ。てめえのおかげで、晩酌の酔いもいっぺんにふっ飛んじまった」

「そうかなあ。気のせいかなあ。実をいうと、この日暮れがた、門のそとをうろうろしている薄気味わるい浪人者を見かけたなんてうわさを聞いてたもんだから……それに、おらあああと棒だろう。来る道々、なんだかしらん、うしろからついてくる人の足音らしいものを聞いたりしたんで……気のせいかなあ」

「気のせいだとも……たとえ、てめえの言うとおり、その幽霊だかなんだかしらねえが、つけて来たやつがあったとしても、恨みをうけてるのは先生のほうにきまってるさ。だいぶ殺してるからなあ、さじかげんで……」

そこへ、がらっと勝手もとの戸があいて、米五郎が首をつき出した。

「おう、駕籠の衆、そこは、藪蚊がひどかろう？」

「ご親切さまに……だがね、蚊のやろうが言ってまさあ。うっかりこいつらのむこうっずねを刺そうもんなら、やすりにあったようにみるみるくちばしがすり切れちまうってね。へへへ……」

「気に入った口のきき方をするじゃねえか。好きならたんと食わしておくのもいいが、こっちへはいったらどうだね？　酒の用意ができてるんだ。もっとも、きらいな口ならしかたがねえが……」

「と、とんでもねえ。ごちそうにあずかりやす」

駕籠かきふたり、あわてて勝手口へはいっていった。

あとは、しーんとなって――

と、その静寂の底を、ヒタヒタヒタヒタ……と忍びやかに横切っていく雪駄の音が聞こえた。

「これでわしも安心しましたじゃ。いちじは、はてな？　と首をひねりましたがの。破傷風と申してもごくごくお軽かったのじゃよ」

医者は駕籠へ乗りかけてしゃべっている。

「それに手当てがよかった。これほどよく手当てのとどいたためしをわしは知りませんじゃ。わしがやってもこれ以上のみとりはできませぬよ。ではおだいじに、またあす……」

駕籠が去ってしまってからも、お銀はしばらくぼんやりとそこに立っていた。

（まあよかった……）

という安心といっしょに、急に気の張りがゆるんで、がっくり疲労を感じたのである。帯ひもをさえとく暇もなかったこの四、五日の看護に、さすがにちょっと面やつれさえ見えている。

はじめのころは、

（酔狂にもほどがあるじゃないか。道で拾ってきた、どこの馬の骨かわからないような男に心中だてして……）

と、ときおりは胸をかすめた自嘲の念も、このごろでは全く夢に浮かんでさえもこないのである。お銀は中へはいろうとした足をとめて、勝手もとへ回っていった。

（おつむを冷やす水をくんでおこう……）

これまでは、横のものを縦にもしなかったお銀が、三四郎の身のまわりのこととなると、米五郎に手さえ触れさせないのである。井戸ばたへ回って水をくむと、手おけを重そうにさげてもどってくる。大地も屋根も月光にあおく濡れて、お銀の顔が夕顔の花のように白い。

と、そのお銀の顔が、突然驚愕にゆがんだとおもうと、手おけを投げすてて横に飛びのいた。

「あっ！」

と低く叫んだきり、その驚愕の表情がさっと恐怖の色に変わる。この、男を男臭いとも思わぬ不敵な女が、これほど物におびえたような目つきをしたことが、これまでにあったであろうか。しかし、お銀はお銀だけに、勝ち気に、少なくとも表面だけは冷然となって、

「おや、今晩は、鬼灯さん……」

相手は黙々として、朽ち木のように月光の下に立っていた。

黒い衣類、銭形を一面におし散らした赤ずきん――その姿である。

「さあさ、お上がりください。と言いたいところだけれど、あいにく病人でね。おもてなしのお茶も出せないが……お茶代わりの水なら、ほれ、ここにたんとある。かってに飲んだらさっさと帰っておくれな」

「病人？……その男の、名は、なんというのだ？」

銭鬼灯の、まず最初に口をついて出たことばはそれであった。

「病人の名まえだって？」

三四郎のこととなると、この女の神経は病的にも鋭くなるらしい。

「聞いて、どうするのさ？」

銭鬼灯は長いこと黙っていた。それから、ぽつりと、

「あの男に、用がある……」

「用があるって？　おい、おまえさん。おまえさんの用のあるのは、このお銀か、米五郎のこったろう？」

「ここへ来るまでは、そうであった。しかし、ここで、はからずもあの男を見た。見た以上、まずあの男に用がある。尋ねる用もある。命にも用がある」

「な、なんだって?!」

お銀の声は冷静を失いかけていた。

「命に用があるって、あのおかたの？　冗談もいいかげんにおしよ、鬼灯さん」

お銀は笑い消そうとしたが、相手は氷のように冷ややかだった。

「そんなこわい顔しなくったっていいじゃないか。いったい、あのおかたがどうしたってのさ？」

銭鬼灯は、視線をお銀の顔から窓のほかげのほうへ向けかえると、無言で、ゆるゆると動きだした。

「お待ちったら！　断りなしにどこへ行くんだい？」

前へ立ちふさがったお銀のからだを、強い力でぐっと押しのける。

「よせ。じゃまをするな。あの男とは、梅鉢長屋以来勝負を預けっぱなしで気にかかっていたんだ。あいつはおれのじゃまをした。それに、あいつはお兼の黒猫のゆくえも知っている」

「えっ！」

お銀もそれは初耳らしい。

「なんだって？　あのおかたが？」

つかれてよろめいていくお銀の前を、銭鬼灯の足がつつつ……と早くなる。

「お待ちッ！　お待ちったら！」

お銀は今や必死にそのそでにとりすがった。

「どうするんだよ、おまえさん？　あのおかたは今生死の境めにいるんだよ。重病人なんだよ。お待ちったら！」

「病気でも、おれの鎌のさびにするにはいっこうさしつかえあるめえ。猫のゆくえさえ吐かせたら、いつ死んでくれても、惜しいやろうじゃねえんだから……」

「畜生ッ！　どうでも、あのおかたをやる気かい？」

お銀は血相変えて身構えながら、ふところの匕首をむっとつかんだ。

「てめえは、情け知らずの地獄の鬼の生まれ変わりだな！　動いてみやがれ！」

銭鬼灯は、お銀の顔へ表情のない冷たい視線をじろりと注いだだけで、まるでそれを無視したようにまた歩きだした。

（畜生ッ！）

その背へやにわにおどりかかろうとしたお銀は、激情をおさえて、一瞬地をけろうとした足をあやうくとめた。

（かかればこちらがやられるにきまっている。あたしの命なんざあ、ちっとも惜しかないけれど、そうしたら、続いて三四郎様までやつの手にかかるのは知れきっている）

「待っておくれったら、ちょっと……」

お銀は再びすそを乱して銭鬼灯の前へ駆けよった。

「あたしの話を、ちょっとは聞いてくれてもいいじゃないか。いつぞや、庄助の網から助けてあげたことをお忘れかい？」

銭鬼灯はぴりっと、まぶたをふるわせてふり向いた。

「知っている！」

と、低いがいらいらした鋭い声で、

「だから、こうして面と向きあったおまえのからだに手を触れずにいるんだ。だいいち、助けたと恩にきせるが言い分があるぞ。最初、その庄助の網へこのおれを追い込んだのは、どこのどいつだッ？」

「ああ、そりゃあ、あたしがしたことだよ。でも、そうしなけりゃ米五郎を助ける道がなかったじゃないか。あたしゃあ恩にきせるんじゃない。きせるんじゃないが、あの時、どんなことをしても、おまえさんを助けずにいられなかったあたしのすまながっていた気持ちを、少しはかっておくれなね……あのおかたは病気で寝ているんだ。おまえさん、今夜あたりが峠なんですよ。じっと静かにしといてあげてくださいな。お頼みだ。二日や三日おくれたっておそかないじゃないか？　おまえさんも男だろう。死にかかりの重病人を踏んだりけったりしたところで、それで胸がすくとでもお言いなのかい？」

これまで、人に頭一つ下げたことのないお銀が、取りすがらんばかりに哀願するのである。

鬼灯は黙々と影のように立ちつくしていた。

「ねえ、おまえさん。お兼の猫のゆくえが知りたいなら、あたしがあの人に、そっと聞いてきますよ。お疑いなら、あたしを人質にどこへでも連れてったらいいじゃないか。あたしゃおとなしくどこへだってついていく。ええ、ついていきましょうとも……」

「なにゆえ、そんなにあの男のことをかばいたてるのだ？」

と、銭鬼灯が苦いものを吐き出すようにつぶやいた。お銀は、ごくっとつばをのむ。にわかに胸がはずんできて、昼間ならば、ぼっとそのほおへにじんだ血の色が見えたことであろう。

「そりゃあ……」

と言いかけたきり。鬼灯も黙っている。お銀も黙っている。長いこと、そのまま……

窓の障子に人影が動いて、

「あねごはどこへ行っちまったんだろうなあ」

と、米五郎のぼやく声が聞こえてきた。銭鬼灯は、突然、肩をゆすって右手のつえをその窓へ向けてさっと上げた。

「聞いてこい！　猫のゆくえを……」

「じゃ、おまえさん、あたしの顔をたてておくれかい？」

ほっとしたお銀の声に、銭鬼灯は顔をそむけて月をにらんだ。


「神奈様。お気分はいかがでいらっしゃいますか？」

お銀は三四郎の顔をしみじみとのぞきこむ。日ごろの巻き舌に似つかわしからぬ、優しくもしとやかな声音(こわね)であった。

三四郎は重たげに細くまぶたをあけて、

「おう、お銀殿か。おかげさまにて、よほど気分はよくなりました」

「それはまあ、けっこうでございます」

と、心からうれしそうに言ったが、どこからかすき見している銭鬼灯の凝視をそのえりもとに冷たく感じてお銀の胸はいよいよ重く、ともすれば声はとぎれがちになる。

「神奈様……」

「む？」

「妙なことをお訊ねするようではございますが、あなたさまは、もしや、芝神明のお兼と申す女の飼い猫をご存じではいらっしゃいませぬか？」

「………」

「耳の先から尾の末までまっくろな烏猫（からすねこ）なのでございます」

「なにゆえ、そのようなことを、お尋ねになるのか？」

「なにゆえ、と申して別に……いえ、決してあなたさまのふためになることではございませぬ」

「お兼とやらの飼い猫かどうか知らぬが、そういう烏猫は存じている……」

「して、その猫はどうなりましたか？」

お銀は思わずせきこんだ。

「ある人から、正体不明の包みをうけとった。あけてみると、はからずも、その烏猫の死がいが一つ出てきたのです」

「まあ死がいが？」

「そうです。その死がいは、養信寺店のみどもの浪宅の庭へ埋めました。小さな石が目標に立ててあります。まだ、埋まったままでいるでござろう」

三四郎は、疲れたようにほっと息をついて目をとじた。その顔を、お銀はむしろぼうぜんと見つめている。

（おお、なんという因縁であろう！　ついぞ気づかずにいたけれど、米五郎の失った猫の死がいが、あろうことか、このおかたの手に渡っていようとは！）

お銀のくちびるは、物問いたげに幾度か震えた。

（すると、米五郎が包みをたのんだあのお小夜という娘と、三四郎様はどういう関係におありなのだろう？）

とっさの間に、なにか嫉妬に似た気持ちさえいらいらとわき上がってくる。しかし、お銀は、えりもとに射すくめるような銭鬼灯の凝視を感じて、ついにひと言も尋ねかけることをしなかった。なにげなく立ち上がろうとして、また、ふっと三四郎の顔へ視線をおとす。

（星回りの悪いあたしの運命だ。これがこのおかたさまとの生き別れになるんじゃないかしら？）と、つい不吉な予感に気弱くなる。三四郎に会ってからというもの、女だてらに若い身そらを、十六夜（いざよい）の、なんのと、あばずれた生活をつづけて来たおのれが、心の底から見すぼらしくあわれまれてならないお銀であった。

（あたしとしたことがひょっとして……これが恋っていうものかしら？）

うそだうそだと打ち消しながら、いつか、その人の前に出ると、ひと言ひと言に気もそぞろな、うぶな娘心に返ったお銀でもある。

神田橋で三四郎を助けた夜からきょうまでの幾日間——その人はろくに口もきけぬ怪我人、重病人であったのに、お銀にとって、それはなんと明るい生きがいのある新生活であったことだろう。

お銀は、今、両眼を閉じた三四郎の顔を見つめながら、とっさにそのさまざまなことを思い浮かべたのだった。

（では、三四郎様、お別れです……）

　と、心の中でつい言いかけて、

（いやだよ、あたしゃあ、お別れだなんて！　三四郎様、ちょっと銭鬼灯のやつをいなしてきますからね……）

　お銀は、立ち上がって玄関のほうへ歩きだした。

　酒をくらい酔った米五郎が眠そうな目つきで、

「あねご。またお出かけですかい？」

「ちょっと出かけるから、頼んだよ」

　すれちがいながら、その耳もとへ、突然、

「米公！　あたしの留守に逃げるんだ！　神奈様をお連れして……」

　と、ささやくような早口で、ひと言ふた言。

「え？」

　ぽかんと米五郎が口をあけたころには、お銀の姿はすでに庭へおりていた。

「あねごときたら気まぐれで……」

　ぶつくさつぶやきながら、なにげなく外をのぞいた米五郎の目が、煙のように庭先を横切った黒い人影へ、とたんにぎょっとつり上がった。

上野山下からこの養信寺店までとうとうひと言も口をきかずに来てしまった。

銭鬼灯の異様な赤ずきんは、濃い漆のような闇から闇を音もなくくぐり伝って、それでいて、寸歩もお銀をそばから離さぬし、お銀はお銀で、いつかれの気が変わって三四郎襲撃に舞いもどろうとするか——その不安に、一刻も相手から注意をそらすことをしなかった。

はげしく敵視しあいながら、しかも互いに離隔しえないように影を相接していくふたりであった。

養信寺店のその家は、かつて三四郎が立ちいでたときのまま戸が閉ざしてある。さんさんと月光の降りそそぐ庭先には、夏草がすでにたけ高くおい茂って濡れていた。

突然の人影に驚いたか、ばったりと虫の声がやむ。

「おまえさんという人もずいぶん口の重いかただねえ。奥さんになる人も、さぞしんきくさいこったろうよ」

重苦しい沈黙にたえられなくなったように、お銀は吐き出すようにつぶやいた。

「ここが神奈さんのお住まいさ。実をいうと、このあいだも、ついなつかしさにここへ訪ねてきたものさ。だけど、あの猫がうめてあるなんて、夢にさえ気がつかなかったねえ」

そう言いながら、お銀は相手の動き出すのを待つまでもなく、熱心に雑草の根かたを分けて捜しはじめた。まもなく、

「ああ、それらしい置き石があったよ。ここだろう」

銭鬼灯はその声にすら、毛ほどの心の動いた様子も示さない。あくまで氷のように冷ややかな姿であった。

「さあ、掘ってみようじゃないか。そのつえを貸してくださいな」

お銀は相手のつえへ手を伸ばそうとした。

雑草にかくれて、こんもりと土が小高く、その上にお小夜の置いてやった心づくしの墓石がまだ倒れずに立っている。

銭鬼灯はなお黙々と、それを見おろしていたが、突然お銀のからだを押しのけるようにして、その石の前へ長身をかがめたとおもうと、つえを取り直してそこを掘り始めた。

かわきあがった土砂がみるみるくずれていく。

と――

やがて、はね上げたつえの先端に、夜目にも漂白されたようにあお白い動物の白骨が、怪しい燐光をはなちながらおどり上がってきた。お銀も、つえをすてた銭鬼灯も、息をのんでその白骨に見入っている。

（確かに、猫の骨だ……）

しかし、求めるものは、そのほかにあるはずである。

銭鬼灯は、素手で穴の底を探りはじめた。その手もとを、お銀の異様につり上がった目が凝視し続けている。

土を探る手はしだいにのろくなってきて、やがて、はたとやんだ。そのまま、じっと化石したように……

お銀はなにかしらびくっとして、身をすさらせた。

銭鬼灯は、ゆっくりと手の砂を払って、立ち上がる。

突然、お銀の顔を真正面から凝視して、

「ないぞ……」

「ないったって、あたしのせいでも、あのおかたのせいでもないよ、おまえさん……」

「お銀ッ！」

その男の隻眼に、ぎらぎらと殺気の炎が燃え上がってきた。

「お、おまえさん。狂ったみたいに、どこへ行くのさ」

いけがきをおどり越えて走りだした銭鬼灯に、お銀は必死に追いすがっていった。

「どうせおれは狂っているよ。狂ってるから狂ってるらしくふるまうだけだ。あのやろう、おれをたばかって……」

「なにをたばかったんだよ?!」

「そう思わねえか、お銀？　猫の白骨は出てきたが、ほかに何が出てきたっていうんだ？　目的のしろものはどうしたんだ？　あの若僧、はええとこ横取りときやがって、そのうえ涼しい顔でおれにむだ足踏ませやがったとしか思えめえ？」

「おい、のぼせるのもいいかげんにおしなね。あのおかたがそんな小悪党じみたことのできるおかたかどうか、へん！　はばかりながら、肌着のお世話からおしものお世話まで、でしているこのお銀のほかにゃ、わかるものはないだろう。たばかったとすりゃあ、あたしのせいだ。くやしかったら、このあたしをばっさりやりな！」

「………」

「おい！　どこへ行くんだったら?!　また、あのご病人をさいなみに行くってのかい？　畜生ッ！　行くんなら行ってみろ！　この十六夜のお銀が死にもの狂いにあばれてやるぞ。覚えておけ。あのおかたにゃあ、このお銀て女が命かぎりほれてるんだってことを！　畜生ッ！　やいッ！」

「………」

「おまえさん！　重病人を手にかけてどうするのさ？　恩にきます、拝むよ。ゆくゆく、きっとおまえの力にもなろうよ。お銀の首にかけても約束しよう。ごしょうだ！　あたしゃそのかわり人質になってどこへでも引かれていく。今夜だけはあの人を、そっとしといておくれ。お頼みだ！」

銭鬼灯の足は次第にのろくなってきた。

その隻眼からは、いちじにかっと燃え上がった忿怒の色が、やがてあとかたもなく消えていって再びもとの氷のような冷たさがかえってくる。

そして、ついに立ちどまると、ちょっとためらうように意味もなく空を仰いでいたが、その視線を真剣そのもののようなお銀の顔へふっと投げて、やがて今までとは違った方角へゆっくりと動きだした。

お銀はまだ少しあえぎながら、ひかれるように、どこまでもその影についていくのだった。

お銀は軒下に立って、暗い家の中にうごめいている銭鬼灯の姿を見つめていた。

その男の五体からにじみ出るはげしい意力にひかれて、しらずしらずここまで来てしまったお銀である。

（ええ！　どこへだって引かれていってやれ！）

そう度胸をすえてはいたが、まさかその男が、おのれの隠れ家まであけっぱなしに見せてしまおうとは思わなかった。

周囲に庭らしいあき地まで取りこんではあるが、そこらは見るかげもなく荒れはてているし、建物もこの近所のむね割長屋と大差ないみすぼらしいものであった。

破れあんどんに灯がともると、その男のうしろ姿が黒い影を作ってくっきりと浮き上がる。

まるでお銀の存在など忘れはててしまったようである。

疲れたように畳をずって柱へ背をもたせかけると、その顔がまともにあかりのほうを向いた。

とたんに、

（おや？）お銀はのどをつまらせて、思わずよろめくように中に踏み込んでいた。ずきんが脱ぎとられて、男の顔がむき出しになっていたのである。

その顔は、やせとがって、いたいたしいばかり病的に見えたが、しかしお銀が想像していたような野獣的なものとは、およそ似ても似つかぬ顔であった。それにしても、お銀の前に、その隠れ家ばかりか、あれほど暴露を恐れていた素顔さえも、なにゆえこうやすやすと露出してしまったのであろう。お銀は、しかし負けぬ気で、さも冷然と上がりかまちへ腰をおろした。ふたりとも突っ張り合うような気持ちで、そっぽへ——その破れめからほかげのちらちらまたたいているあんどんのほうへ視線を向けているのだが、さりとてふたりとも互いに無関心であるはずはない。

じっと——だが、いつまでこうしているつもりなのか。

しばらくすると、どぶ板をふんでこっちへ近寄ってくる下駄の足音が聞こえて来た。家の前へ立ちどまった足音が、

「ごめんください」

遠慮がちに言って、女の顔が中をのぞきこんだ。昼間池へ落ちたあの子どもの母親で

ある。

「夜分伺いまして申しわけございませんが……」

そのそでの下をくぐって、

「おじちゃん……」

と、子どもは無遠慮に中へ駆けこんできた。

「おかあちゃんが、昼間おいらを助けてくれたお礼にきたんだよ」

「ほんとうに、だんなさま、さきほどは……」

母親は中にはいりかけて、そこに黙然と腰かけている若い女の姿を認めると、さすがに女らしく気を回した面持ちで、

「あ！　これはおそそういたしました。お客さまとは知りませんで……」

あわててもどりかけようとするのへ、

「いや。ご遠慮はいらぬ。ご丁寧によくおいでくださった。健坊も、もうすっかり元気になったのう」

と、笑顔をふり向けた男の、その姿も声も、これまでお銀がその男から受けていた印象からおよそ遠い優しいものであった。

「おじちゃん。おはぎを持ってきたよ。とても甘いんだぜ。おいらもこしらえるのてつだったんだ。帰ったら、おいらも食べるんだ」

「これ、健坊。お礼を申すんだよ」

「わかってらい。ありがとうございますって言うんだろう？　それから、おじちゃん。凧、いつこしらえてくれるの？」

銭鬼灯はしらずしらず微笑しながらうなずいていた。

遠のいていく母子の足音に聞き入りながら、お銀は、ほっと吐息をつくように、

「鬼灯さん。おまえさんも寂しいお人らしいねえ……」

としみじみ言って、

「上がらせてもらいますよ。あたしも、このおはぎごちそうになろうかしら？」

「寂しい？　そうか……そう見えるか？」

と、半ば自嘲するような口調で、

「ああ、蚊がひどい……」

「失礼ですけど、あんた。親御さんに早くお別れんなったんでしょうね？」

「よせ？　その話は……」

お銀を鋭くにらみすえて、それからいらいらと立ち上がる。勝手元へ去ったとおもうと、蚊いぶしをくべたのであろう、こちらの部屋へまで煙がもうもうと流れこんできた。

もとの座へもどってきた銭鬼灯の顔は、急に鋭さを失って、まるで連れにはぐれた小児のようにたよりなげに沈んで見えた。

「暗いな、灯が……」

と、二度も三度も灯心をかきたてる。

「お銀……」

「え！」

「そんなにおれは寂しそうに見えるか？」

「はじめっから、あんたという人の強がりの奥に、やけっぱちな、寂しがりのあるのを感じていました。あたしにゃわかる……あたしだって親の愛に飢えて、ついこんな女になってしまったんだもの」

「おれの母親の死んだのは、おれが三つのときだった。父親はおれのうぶ声を聞かずして、あの世へ出かけていった……はんぱ者……親のないやつは、とかくはんぱ者になりたがるんだなあ。しかし……」

と言いかけて、その声は、やにわにとがってきた。

「しかし、それはいい！　おれは時流にさからって、いわばすねて、時代に置き忘れられている鎖鎌の研究に全身を没頭していた。それはいいのだ。ところが……おれを育て愛してくれたただひとりのうばが、死にぎわに、父親のことを……父親のただならぬ死にざまを話して聞かせたんだ。父親は謀殺されたんだ！　餓狼のような守銭奴どもに……」

「…………」

「それといっしょに知った我が家の家系、すなわち千年を伝える浮田家の血統、関東一円にわたって秘められた八つの宝庫、それを解く鍵たる十四枚の髑髏銭……さらにまた、一代の古銭収集家であった父親浮田左近次のこと、また浮田の血統に伝わる業病失明の恐怖を、やがて生まれるはずであったこのおれのうえから除こうと、父親の左近次が霊銭唐国通宝をつぶして得た素銅をもって、いわゆる浮田の律令銭を鋳て神に供えたこと……ああ……おれはなにをしゃべろうとしているんだ！」

お銀は銭鬼灯が泣いているのではないかとさえ疑った。

「いや、これだけは言わしてもらおう。父親左近次は、髑髏銭をねらう一団に暗殺された。ちょうど明暦三年の大火の当夜だ。事は闇から闇へうずもれてしまった。しかも、父親を手にかけたやつばらは、まだ生きている！　髑髏銭は散ってしまった！　浮田の律令銭は、このおれの失明を防ぐ力もなく、見ろ！　おれの復讐の手形として、やつばらの両眼をふさいでいく！　神田の鶴万、溜池の坂田孫兵衛、芝のお兼、与兵衛店の和吉、それにやがて銅座の赤吉！　父親の敵か、敵の身寄りか、どっちにしろ、おれの鎌は、その血に腐っていくんだ！……おれだって、なにを好きこのんで化け物じみた奇矯なまねがしたかろう？　だが、おのれの欲望のため、父親を犬猫のようにむごたらしくほふり捨てたうえに、しかも法網をくぐって権力のかなたにうまうまと隠れおおせているやつばらをやっつけるには、これもまたしかたがあるめえ。このずきん――父親がうばの手を通じて、おれにのこしてくれたただ一つの形見とでも言おうか。おれはそれを身につけて、父親を血潮の飛び散るしかえしの現場へじきじき立ち会わせる覚悟でいるんだ。よし！　しかえしのじゃまに立つやつらも、残らずかたきのひとりに数えてくれる！　すなわち、米五郎、庄助、お銀、それに柳沢保明、さらに数えればあの若僧と小娘……」

と、一息に言ってのけて、銭鬼灯はなにか瞑想するように目をとじた。

「神奈とか三四郎とかいうあの若僧と、柳沢のじゃじゃ馬檜に生き写しの小娘……おれの仕事のじゃまをしやがったから、むかむかっときたまでだ。あの時、おれは和吉のもとへ届けられるはずのお兼の猫を待っていたんだ。お兼の秘蔵していた髑髏銭二枚。捜しあぐんだあげくふっと気づいたのがあの烏猫の胃の腑の中……猫に小判のたとえをしゃれのめして、高座で二分金一朱銀、ときには小判までのんだり吐いたりしてみせる小器用なあの猫のことなんだ。ところが、みろ、猫の骨は出てきても、肝心の銭はあとかたもねえ。たしか、先回りした目はしのきくやろうがあったんだ。ああ！　つがもねえ。笑うな、お銀。おれの願望は、やがてこの手に納めた十四枚の髑髏銭を二度と散ることのねえように鋳つぶして、父親をはじめこの妖銭をめぐって命をおとした連中の供養のために仏像を一体鋳ようという、およそ殊勝なものなんだ」

「それから？」

「それから、だと？」

　むっと尋ねかえした銭鬼灯を真正面からじっと見て、

「もう一つ、あんたのしのこしていることがあるらしい。おこっちゃいけないよ。その先をあたしに言わしてもらおうか……恋……おかしな文句だが、あんた、恋ってものをお知りじゃなかろうね！」

お銀の声も姿も、相手の凝視をはじきかえすくらいまじめにしんみりとしていた。

「しかえしや、欲心や……人間の一生はたったそれっぱかりのものじゃない。もっと上のものがあるらしいってことさ。このごろ、つくづくあたしゃ身にしみて、そのことを考えてますのさ。恋……いいやね、命を打ちこんだ真心のこってすよ、おまえさんにあたしの言ったことがわかるときが来たら、おまえさんもそんな寂しい人でなくなるだろうよ」

「………」

銭鬼灯はちょっと皮肉にゆがめていたくちびるをかすかにふるわせたが、なにも言わなかった。一度、その隻眼へかーっと燃え上がった火が、すぐ灰色に消え去ってしまう。

ふたりとも、異様に重苦しく黙りこんでいる。

「お銀……」

と、突然発した銭鬼灯のしわがれ声に、

「え？」

お銀はぎょっと顔をこわばらせる。

「おれは……」

と言いかけたその語尾が、なにか熱のようなものを帯びてかすかに震えた。

「……おれは、お銀、おまえを……」

「あっ！　おまえさん！」

愕然！　お銀はつかまれた肩先をはげしくもがきながら立ち上がろうとする。

「な、なにをするんだよッ！」

そでにあおられてあんどんの灯がさっと消えると、続いて鋭い物の倒れる音がして
……

まっくらな部屋の中に、銭鬼灯は野獣のように低くうめきながらうずくまっている。

からだがまだかすかに震えていた。

（お銀……お銀……）

くちびるが、まるでつきものでもしたように、意味もなくそうつぶやきつづけてい

る。かれは、突然はげしい後悔と自己嫌悪にゆさぶられて立ち上がった。軒先まで出てみたが、もうどこにもお銀の姿は見えなかった。

（お銀……お銀……）

月光が銭鬼灯の固く硬直した片ほおを冷たく照らしている。

この男にこんな弱々しい表情があったのだ！

（畜生ッ！　畜生ッ！　ばかッ！）

お銀は髪振り乱して走っていた。

すれちがった人がびくっとしてふり向いたほどである。

（けだもの！　けだもの！）

走っていたかとおもうと、突然、がくっと立ちどまる。そして、まるで感覚を失ったように、ぼうぜんと空の月を見上げたりする。

（畜生！　銭鬼灯め！）

紙のようにあお白い引きつったほおが、夜目にも認められるほどびくびくけいれんしている。

（ああ！　ばかッ！　お銀のばかッ！　なぜ食いついてやらなかったんだ！　なぜあば

れてやらなかったんだ！）

ぼうぜんと、むしろいまだに夢みるここちである。

日ごろの気性のまさったお銀としては、その時の無抵抗さは不思議ともいうべきものであった。

（なぜ、大声にわめいてやらなかったんだろう！　なぜ、叫んでやらなかったんだろう！）

おのれの五体を引きちぎってやりたいような衝動をさえ覚えてくる。

（ああ！　三四郎様！）

そこは、お銀の第二の隠れ家であった。

もし、米五郎がお銀のさっきのことばを理解すれば、今ごろはこの家へ三四郎をともなって隠れているはずである。

その家のそばまで、お銀は無意識にさまよってきてしまった。窓からほかげがもれているのは、はたしてその人が来ている証拠であろうか。魂を失った人のように、ぼんやりとたたずんだお銀の頭上で、窓がガラッとあいたとおもうと、

「あ！　びっくりした。あねごじゃござんせんか？」

と、米五郎の声が、

「実は、心配していたんでさ。あねごのこったから、万が一にもまちがいはあるめえとは思っていたが……」

（三四郎様は？）

と問いたげにお銀の目が窓の奥をのぞこうとする。

「へへへ……帰ってくるなりすぐそれだ。どうもおかげんが悪いんで……なんとか言おうもんなら、この首をねじ切られちまうでござんしょう。ご安心……よく眠っていらっしゃいますぜ」

お銀はためらって、ついにひと言も言わずその窓下を離れた。

「あっ！　あねご。どこへ行きなさるんだ？」

（どこへ行くか、あたしだって知るもんか……三四郎様、お別れでございます）

「あ！　あねごったら？」

お銀はまるで酒に酔ったように、よろよろ、よろよろ米五郎の視界から遠ざかっていった。

本作品中に差別的ともとられかねない表現が見られますが、著者がすでに故人であることと作品の文学性・芸術性に鑑み、原文のままとしました。

（春陽堂書店編集部）

『髑髏銭』覚え書き

初　出　「読売新聞」昭和12年11月15日～13年7月11日

初刊本　春陽堂書店　昭和13年8月

再刊本　髑髏銭 外一篇　春陽堂書店　昭和16年11月　※「白魔」を併録
文化書院　昭和21年12月　※前・後
世間書房　昭和22年8月　※前・後
世間書房　昭和23年10月
向日書館　昭和25年2月
髑髏銭 黒潮鬼　大日本雄弁会講談社〈長篇小説名作全集12〉昭和25年4月　※『黒潮鬼』を併録
同光社磯部書房〈角田喜久雄代表作選集1〉昭和27年6月
春陽堂書店〈春陽文庫〉昭和27年9月、10月　※前・後
同光社　昭和30年1月
妖棋伝・髑髏銭　河出書房〈新編大衆文学名作全集11〉昭和31年5月　※『妖棋伝』を併録
東京文芸社〈角田喜久雄長篇自撰集6〉昭和33年9月
どくろ銭　東京文芸社　昭和39年9月

東京文芸社〈角田喜久雄長篇自撰集6〉　昭和33年9月
東都書房〈名作全集10〉　昭和40年10月
どくろ銭　春陽堂書店〈春陽文庫〉　昭和42年5月
どくろ銭　東京文芸社〈トーキョーブックス〉　昭和44年9月
講談社〈角田喜久雄全集2〉　昭和45年8月　※『妖美館』を併録
角川書店〈角川文庫〉　昭和47年5月
東京文芸社〈トーキョーブックス〉　昭和47年6月
筑摩書房〈昭和国民文学全集7　角田喜久雄・国枝史郎集〉
　　昭和49年6月　※国枝史郎『神州纐纈城』との合本
筑摩書房〈増補新版　昭和国民文学全集10　角田喜久雄・国枝史郎集〉
　　昭和53年3月　※国枝史郎『神州纐纈城』との合本
どくろ銭　東京文芸社　昭和59年10月
富士見書房〈時代小説文庫〉　昭和60年9月　※上・下
どくろ銭　東京文芸社　昭和61年3月
講談社〈講談社文庫コレクション大衆文学館〉　平成9年10月
春陽堂書店〈春陽文庫〉　平成11年5月

（編集協力・日下三蔵）

春陽文庫

髑髏銭（どくろせん）　上巻（じょうかん）

2023年8月25日　初版第1刷　発行

著者　角田喜久雄

発行者　伊藤良則

発行所　株式会社春陽堂書店
〒一〇四―〇〇六一
東京都中央区銀座三―一〇―九
KEC銀座ビル
電話〇三（六二六四）〇八五五（代）

印刷・製本　株式会社　加藤文明社

本書のご感想は、contact@shunyodo.co.jpにお願いいたします。

定価はカバーに明記してあります。

ISBN978-4-394-90455-7　C0193